Chrystos
Wilder Reis

Chrystos

Wilder Reis

Aus dem amerikanischen Englisch
von Audrey Huntley

Orlanda Frauenverlag

Originaltitel:
»Not Vanishing«, Press Gang Publishers, Vancouver, 1988

»Dream On«, Press Gang Publishers, Vancouver, 1991

»In Her I Am«, Press Gang Publishers, Vancouver, 1993

»Fire Power«, Press Gang Publishers, Vancouver, 1995

»Fugitive Colors«, Cleveland State University Poetry Center, 1995

Die Deutsche Bibliothek – CIP-Einheitsaufnahme:
Chrystos: Wilder Reis : poetische Texte / Chrystos. Übers. aus dem amerikan. Engl. und mit einem Vorwort von Audrey Huntley.
Berlin: Orlanda Frauenverlag, 1997
Text dt. und engl.
ISBN 3-929823-44-6

1. Auflage 1997
Für die deutsche Ausgabe

Lektorat: Ekpenyong Ani
Coverabbildung und Zeichnungen im Innenteil: Chrystos
Autorinnenfoto: Ana R. Kissed
Fotosatz: Computerservice Steinhardt, Berlin
Druck: Fuldaer Verlagsanstalt

Die Übersetzung aus dem Englischen wurde mit Mitteln des Auswärtigen Amtes unterstützt durch die Gesellschaft zur Förderung der Literatur aus Afrika, Asien und Lateinamerika e.V.

10 Vorwort von Audrey Huntley

20 Woman
21 Frau

FIRE POWER

24 Worte sammeln

30 Bitter as the Pockmarked Streets
31 Bitter wie pockennarbige Straßen

34 When She
35 Als sie

36 In Oklahoma
37 In Oklahoma

40 The Roma Say
41 Die Roma sagen

44 Mr. Wind Dancer

46 Late Breakfast
47 Spätes Frühstück

48 Rude as 2:29 a.m.
49 Unverschämt wie 2.29 Uhr morgens

52 In the Land of the Free
53 Im Land der Freien

56 Heaven Hill
57 Heaven Hill

58 Ich habe drei Namen

64 For Stephen
65 Für Stephen

66 My Nickname is Miz FireEngine
67 Mein Spitzname ist Miz Feuerwehrauto

68 Back Road
69 Auf einer einsamen Straße

DREAM ON

72 Winter Count
73 Winterzählung

76 Soft
77 Weiche

80 Bright In Your Dark Mouth
81 Leuchtend in deinem dunklen Mund

82 My Place
83 Mein Ort

84 He Burnt
85 Er brannte

86 I Like To Think
87 Ich denke gerne

90 Anthropologie

92 Don't Try
93 Versuche nicht

97 Dream Lesbian Lover
98 Lesbische Traumliebhaberin

100 The Women Who Love Me
101 Die Frauen, die mich lieben

104 Es war an einem Samstag

108 Idylle: Vier Tage

112 Leaf Behind My Ear
113 Blatt hinter meinem Ohr

114 Ich verbrenne

118 Death Takes
119 Der Tod nimmt

NOT VANISHING

122 Crazy Grandpa Whispers
123 Verrückter Opa flüstert

124 You Can't Get Good Help These Daze
125 Heutzutage ist kein anständiges Personal zu bekommen

128 I Walk In The History Of My People
129 Ich gehe in der Geschichte meines Volkes

130 Die Lieblingsfarbe der Ärztin

134 For Sharol Graves
135 Für Sharol Graves

136 Meditation For Gloria Anzaldúa
137 Meditation für Gloria Anzaldúa

138 No Public Safety
139 Keine öffentliche Sicherheit

144 Flügel einer Wildgans

146 Double Phoenix
147 Doppelter Phönix

148 I Am Not Your Princess
149 Ich bin nicht eure Prinzessin

152 Ich war drüben auf dem Res

FUGITIVE COLORS

158 The Real Indian Leans Against
159 Die echte Indianerin lehnt sich gegen

162 Into The Racism Workshop
163 Auf dem Weg zum Rassismus-Workshop

166 At The Bottom
167 Am Fuße

168 Contemplating Racism
169 Über Rassismus nachdenken

174 Thrown Against The Wall
175 Gegen die Wand geworfen

176 The Rich
177 Die Reichen

178 A Woman Is An Avalanche
179 Eine Frau ist eine Lawine

180 When I First
181 Wenn ich dies zuerst

182 Thank You Singing Forest
183 Danke Rauischholzhausen

184 Ceremony For Completing A Poetry Reading
185 Abschlußzeremonie für eine Lesung

189 DIE AUTORIN

VORWORT

Chrystos wurde 1946 in San Francisco geboren. Sie ist indigener (Menominee) und euro-amerikanischer Herkunft. Da sie außerhalb der Reservate geboren wurde und aufwuchs, bewegt sich Chrystos schon seit frühester Kindheit als Grenzgängerin zwischen verschiedenen Welten. Seit über dreißig Jahren lebt sie offen lesbisch und engagiert sich politisch. Wie viele indigene Lesben und Schwule bezeichnet sie sich selbst als *Two-Spirited*, das heißt Zwei-Seelen-Mensch. Der mündlichen Überlieferung zufolge vereinen diese Menschen sowohl weibliche als auch männliche Elemente in sich und wurden in früheren Zeiten als VisionärInnen und HeilerInnen geschätzt.

Chrystos engagiert sich seit Beginn ihrer Politisierung sowohl in euro-amerikanischen lesbischen Gruppen als auch in indigenen Zusammenhängen wie dem *American Indian Movement*. Heute ist sie viel unterwegs, um auf Lesungen und Veranstaltungen über die kolonialisierte Situation der *First Nations* und anderer unterdrückter Gruppen zu sprechen. Als Schriftstellerin versucht Chrystos, »für die zu schreiben, die keine Stimme haben«* und sich möglichst nah an deren eigene Ausdrucksweise zu halten. Es ist ihre Hoffnung, daß möglichst viele indigene Menschen anfangen, ihre Geschichten niederzuschreiben. In Workshops mit indigenen Mädchen und Jungen oder mit indigenen Frauen in einem Bundesgefängnis versucht Chrystos, diese dazu zu ermutigen, auf literarische oder künstlerische Weise selbst kulturell aktiv zu werden.

Als Dichterin steht Chrystos in der Tradition indigener ErzählerInnen *(storytellers)*, die mittels mündlich überlieferter Geschichten die Wissensweitergabe innerhalb der Community garantieren. Die Schrift, zunächst ein Mittel des Kolonialisierers, ist seit Beginn der achtziger Jahre verstärkt und vor allem von Frauen zu einem widerständigen Kommunikationsmittel in der indigenen Community gemacht worden. Dabei ist indigene Widerstandsliteratur stark von der für die indigene Kultur zentralen Mündlichkeit beeinflußt. Die häufig in Umgangssprache geschriebenen und die LeserIn direkt

* Alle Zitate im Text sind einem Gespräch der Übersetzerin mit Chrystos in Wiesbaden im Mai 1996 entnommen.

ansprechenden Texte sowie fehlende Zeichensetzung oder Unterbrechung durch Kapitel zeugen hiervon.

Aufgrund der kolonialisierten Situation der indigenen Community kommt indigenen SchriftstellerInnen eine wichtige Aufgabe zu. Nicht zuletzt deshalb, weil Kolonialismus sich nicht auf die Enteignung von Land und Ressourcen oder die physische Unterdrückung einer Gemeinschaft beschränkt. In Nordamerika ist die Assimilationspolitik auch immer eine Säule im gesamten Kolonialisierungsprozeß gewesen. Ausgehend von der Prämisse, daß die Kolonialisierung nur dann wirklich erfolgreich sein kann, wenn die indigene Gesellschaft eine Entfremdung erfährt, setzt sie sich die Zerstörung indigener kultureller Subjektivität zum Ziel. Unter neo-kolonialistischen Bedingungen werden Ideen, Gedanken und Subjekte der indigenen Menschen durch die Produktion von Wissen und Identität in der Sprache, der Literatur und der Geschichte der herrschenden Gesellschaft kolonialisiert. Indigen-Sein wird im Einklang mit den Interessen der Dominanzgesellschaft definiert. *First-Nations*-Menschen werden zum Objekt eines herrschenden Diskurses gemacht und »imaginäre IndianerInnen« konstruiert, um kolonialistischen Zwecken – beispielsweise zur Beweisführung europäischer Überlegenheit – zu dienen.

Indigene *storytellers* wirken sowohl der Verzerrung ihrer eigenen vor-kolonialistischen Geschichte als auch der des Kolonialisierungsprozesses entgegen. Ohne Rücksicht auf herrschende literarische Maßstäbe und häufig mit viel Humor spielen sie mit der Sprache des Kolonisierers – »schubsen sie herum«, wie es Chrystos formuliert. Sie dekonstruieren Stereotype und greifen den Rassismus und die patriarchale Gewalt der Gesellschaft an. Auf diese Weise verschmelzen literarisches Schaffen und mündliche Vergangenheit zu einem Werkzeug, das die Vielfalt heutiger indigener Realitäten vermitteln läßt.

In diesem Zusammenhang hat Chrystos' Werk eine bedeutsame Stellung. Aus ihrem vielfältigen politischen und sozialen Erfahrungsschatz schöpfend, gelingt es ihr immer wieder, ihrer LeserInnenschaft eine Myriade von gesellschaftlich relevanten und brisanten Themen auf sehr persönliche Weise nahezubringen. Ihre Gedichte legen Zeugnis von Erfahrungen ab, die zwar für viele indigene Frauen und andere *women of color* Alltag sind, aber weitestgehend verschwiegen werden.

Chrystos richtet sich sowohl an indigene als auch an nicht-indigene Menschen. Aufgrund ihrer Stellung als Indigene, die aber ebenso von europäischen EinwanderInnen abstammt, sieht Chrystos ihre Aufgabe darin, ihre Kenntnisse über die Kolonisierer-Gesellschaft zu nutzen und sich zwischen diese und die traditionell in Reservaten lebenden Menschen zu stellen, um erstere herauszufordern und mit ihrem kolonialisierenden Verhalten zu konfrontieren.

In einem Gespräch während einer Veranstaltungsreise hier in deutschland, im Mai 1996, erzählte Chrystos, daß der hiesige Umgang mit dem Faschismus, insbesondere die fehlende Aufarbeitung bei Feministinnen, sie stark an die Verdrängung des Völkermords an den Indigenen in Nordamerika erinnere.

Während traditionelle indigene Bräuche und Spiritualität von Mitgliedern der Kolonisierer-Gesellschaft heiß begehrt werden, besteht wenig Interesse an Informationen über die heutigen Lebensbedingungen indigener Menschen. In diesem Sinne lehnt Chrystos die Vermarktung von indigenen Frauen als weise Heilerinnen ab, vielmehr will sie über die Auswirkungen des Kolonialismus in der Geschichte und Gegenwart der indigenen Realität informieren.

> Außer meinen jüngeren Verwandten erzähle ich niemandem indigene Schöpfungsgeschichten. Ich denke, daß KolonisiererInnen sich dahinter verstecken und viel Schönheit mitnehmen. Aber sie geben uns nichts zurück, und das macht mich mißtrauisch. Ich will ihnen nichts mehr geben. Ich will ihnen folgendes geben: *Ihr habt 40 Millionen von uns im letzten Jahrhundert umgebracht.* (...) Ich spreche vielmehr über das, was uns wirklich passiert ist. (...) Die meisten Leute fühlen sich mit dem toten Indianer wohler, der sich wahrscheinlich im Tausch gegen eine Zigarette von Edward Curtis hat fotografieren lassen. Die Realität unserer Leben ist ihnen unangenehmer. Ich bin etwas zwanghaft in dieser Hinsicht, immer wieder darauf hinzuweisen, DASS UNSER WIRKLICHES LEBEN SO(!) IST. (...) Ich habe das Bedürfnis, immer wieder gegen diese romantische Scheiße und diese Pocahontas-Scheiße anzukämpfen.

> (...) Obwohl ich Schöpfungsgeschichten liebe – es ist sehr schön, diese Literatur zu lesen –, mißtraue ich der Art, wie sie benutzt werden. In den usa sehe ich immer wieder, wie sich KolonisiererInnen hinter Schöpfungsmythen verstecken und den Völkermord leugnen. Das ist zu einfach. Ich denke, so lange indigene Menschen die Leichen im Keller amerikas sind, ist es meine Pflicht, insbesondere als Person gemischter Herkunft, diese Fragen anzusprechen.

Chrystos Schreiben richtet sich allerdings in erster Linie an andere indigene Frauen und Männer. Sie selbst wuchs in einem städtischen Mileu auf, zu einem Zeitpunkt, als es kaum indigene SchriftstellerInnen gab. Das einzige, was die Dominanzgesellschaft ihr über die Existenz indigener Menschen vermittelte, waren rassistische Stereotype à la Winnetou, z.B. Tonto, Freund und Diener des Helden in der Westernserie *The Lone Ranger.* Tonto erfüllt gängige Vorurteile des edlen Wilden, und sein Name bedeutet zudem auf Spanisch dumm oder leichtsinnig. Eigendarstellungen gab es nur wenige, wie Chrystos berichtet:

> Als ich geboren wurde, gab es N. Scott Momaday, und das war's! Seine Arbeit liebe ich. Als ich eine Jugendliche war, hat er damit mein Leben gerettet. Ich habe tatsächlich noch mein vergilbtes Taschenbuchexemplar für 95 cents von *The Way to Rainy Mountain.* Ich schätze es sehr, nicht so sehr als Buch, aber dafür, daß es mein Leben rettete, zu erfahren daß so zu werden wie Tonto nicht die einzige Möglichkeit ist, die ich habe.

Mittlerweile setzt Chrystos ihr eigenes kulturelles Schaffen bewußt als Überlebensstrategie für sich selbst und ihre LeserInnen ein. Das heißt vor allem, sich mit den heimtückischen Seiten des Kolonialismus auseinanderzusetzen: mit den Folgen erlebter rassistischer und sexueller Gewalt, die häufig in Selbsthaß und verinnerlichten Rassismus umschlagen. Chrystos will dazu beitragen, die Isolation von indigenen Menschen zu durchbrechen, die sich selbst bislang nur durch die Augen der Dominanzgesellschaft gesehen und deren Werte verinnerlicht haben.

Die Entführung von Kindern aus der indigenen Community und ihre Zwangseingliederung in staatliche Internate oder weiße Pflegefamilien ist ein deutliches Beispiel für die kollektive Traumatisierung der indigenen Community. In den Internaten sollten indigene Kinder christlich resozialisiert und zwangsassimiliert werden. Alles was sie mit ihrer indigenen Herkunft, Familie und Community verband, wurde ihnen verboten. Rassismus, sexuelle Folter und Mißhandlungen gehörten zum Alltag. Unter den Folgen der dort gemachten Erfahrungen litten Generationen von indigenen Menschen. Chrystos selbst erlebte die Folgen der dadurch herbeigeführten kulturellen Entfremdung in der Person ihres Vaters.

> Für mich sind Sprache und Kultur eins. Davon bin ich überzeugt. Ich bedauere zutiefst, daß mir mein Vater unsere Sprache nicht beibrachte. Er wurde im Internat verprügelt, wenn er sie benutzte. Nach seinem Gefühl würde es schreckliche Gewalt in meinem Leben verursachen, wenn ich sie lernte. So kann ich nur ein paar Worte, wie »danke« oder *Mitamo*, wie er mich nannte, was »kleine Träumerin« bedeutet. Aber ich könnte kein Gespräch führen. Ich kenne jetzt durch die Reise hierher wahrscheinlich mehr deutsche Worte als Menominee, und das ist wirklich tragisch. Eins meiner Ziele ist es, zurückzugehen und die Sprache zu lernen.

Chrystos war eine der ersten indigenen Frauen, die offen über ihr eigenes selbstzerstörerisches Verhalten schrieb. Um die Scham zu durchbrechen und den vielen Frauen, die sich in einem ähnlichen Kreislauf von Alkoholismus, Drogen und Gewalt befanden, einen Ausweg zu signalisieren, teilte sie ihre Erfahrungen als Prostituierte mit. Seither seien über hundert Frauen auf sie zugekommen, um ihr dafür zu danken.

> Ich sehe den Kolonisierer in mir ständig, und ich denke, daß es eine meiner Aufgaben als Schreibende ist, mich auf kolonialisierendes Verhalten und seine Auswirkungen zu konzentrieren. Mir ist die Tatsache sehr bewußt, daß ich, bis ich 38 Jahre alt war, glaubte, häßlich zu sein. Ich spreche hier von tiefer Überzeugung und zwar, weil ich mir eine indigene Frau nicht als schön vorstellen konnte.

(...) Ich erkannte, daß vieles von meinem selbstzerstörerischen Verhalten das Resultat dieser Überzeugung meiner Häßlichkeit und Nutzlosigkeit war. Damit bin ich zwar nicht auf die Welt gekommen, aber es ist durchaus das, was mir das Leben beigebracht hat. Ich denke, daß viele indigene Frauen diesen Schmerz in sich tragen. Und ich sehe, wie sehr viele Frauen der *First Nations* um ein positives Gefühl sich selbst gegenüber kämpfen, vielleicht nicht in den Reservaten, mit dem Leben in den Reservaten bin ich nicht so vertraut, aber ganz bestimmt in den städtischen Gegenden: Dort sehe ich viele Frauen, die in tragische Geschichten verstrickt sind. Sie trinken, gebrauchen Drogen und führen zerstörerische Beziehungen. Das habe ich auch alles durchgemacht. Es kommt von dem Mangel an Selbstwertgefühl. Wir tragen alle den Kolonisierer in uns, und ich denke, es ist auch Teil meiner Aufgabe als Schreibende, nicht nur das traditionelle Leben zu schützen, wenn ich irgendwie kann, oder kolonialisierende Menschen anzuklagen, damit sie sich mit dem auseinandersetzen, was sie gemacht haben, sondern auch, indigenen Menschen zu helfen, sich selbst gegenüber ein gutes Gefühl zu entwickeln. Eine der bewegendsten Anerkennungen, die ich für mein Schreiben bekommen habe – und das haben einige indigene Leute zu mir gesagt, Männer wie Frauen –, war der Satz: »Als ich dein Buch las, hat es mein Leben gerettet.« Deshalb schreibe ich, um unser Leben zu retten und um die Wahrheit über unser Leben zu sagen.

Immer wieder ist Chrystos Vorreiterin gewesen. Sie war eine der ersten, die das Schweigen über tabuisierte Themen und die Redeverbote, die nicht nur von der herrschenden Gesellschaft verhängt wurden, durchbrach. Als eine der ersten indigenen Lesben begann Chrystos über Liebe und sexuelle Lust zu schreiben. Infolge von christlicher Missionierung und ihrer Repression der Sexualität von Frauen, war dieses Thema für indigene Frauen besonders belastet. Nicht zuletzt die Erfahrungen sexueller Gewalt in den Internaten und die Stereotypisierung indigener Frauen als Huren erschwerten die Versuche eines selbstbestimmten Umgangs mit der eigenen Sexualität. Häufig wurde diese aufgrund der erlebten Verletzungen gänzlich abgelehnt. Als die Veröffentlichung von *In Her I Am*

(1993) bevorstand, befürchtete Chrystos bei der indigenen Community auf Ablehnung zu stoßen. Überraschenderweise erntete sie die meiste Kritik sowie den Vorwurf, pornographisch zu schreiben, von der weißen lesbischen Community. Sehr positive Reaktionen hingegen brachten ihr hetero- und homosexuelle indigene Frauen entgegen.

> Ich hatte Angst, weil in der indigenen Community Diskretion und Scheu sehr verbreitet sind. Aber als ich eine 17jährige indigene Lesbe war, hätte ich ein solches Buch gebraucht. Ich tue es also für solche jungen Lesben, weil sie es brauchen. (...) Es ist wirklich eine zweischneidige Sache: Auf der einen Seite sind wir sexuell total ausbeutbar, und auf der anderen dürfen wir überhaupt nicht erotisch sein. Wir werden als die stoische Erdmutter gesehen. (...) Aber es gab eine Zeit, in der Sex ein sehr offenes und lustiges Thema in der indigenen Gesellschaft war. Das zeigen alte Trickster-Geschichten.* Darüber hinaus ist es mir wichtig, die Art von Symbolik, die der Natur entspringt, in erotische Literatur aufzunehmen.

Chrystos sieht den Pornographie-Vorwurf, den ihr Teile der lesbischen Bewegung machen, im Kontext des Umgangs mit ihrem Gesamtwerk. Als vehemente Kritikerin des kolonialisierenden Verhaltens und des Rassismus in der weißen Frauenbewegung vermißt sie eine Auseinandersetzung mit diesen Inhalten, dem eigentlichen Schwerpunkt ihrer Bücher.

Wilder Reis, die vorliegende Textsammlung von Chrystos, ist das erste Werk einer nordamerikanischen indigenen lesbischen Dichterin, das in deutschland übersetzt und veröffentlicht wurde. Überhaupt sind hier bislang sehr wenige Werke indigener SchriftstellerInnen erschienen. Häufiger anzutreffen sind Darstellungen von indigenen Menschen, die dem stark von sexistischen und rassistischen Stereotypen geprägten Bild von IndianerInnen à la *Pocahontas* oder *Winnetou* entsprechen. Als edle oder barbarische Wilde, entweder

---

* Die Trickster-Figur ist für viele mündliche Kulturen von großer Bedeutung. Bei den Indigenen Nordamerikas ist sie/er in verschiedenen Gestalten (coyote, raven, nanabush) bekannt. Sie/Er ist HeldIn/Anti-HeldIn zugleich, hat positive und negative Eigenschaften und ist bekannt für Unberechenbarkeit und Chaos. Die Figur widerspricht einem traditionalistischen Kulturbegriff, da sie dafür sorgt, daß alles in Veränderung bleibt.

Freund und Helfer oder blutrünstig und kriegslüstern, treten diese Phantasiegestalten in den allermeisten Fällen nur in der Vergangenheit eines *Wilden Westens* auf. Indigene Frauen erscheinen meistens in den exotistischen Kategorien der weisen Medizinfrau, naturverbunden und mit Heilkräften versehen, der edlen und reinen Indianerprinzessin oder der leichtzuhabenden *Squaw*, der promiskuitiven Hure.

Daß diese Darstellungen recht wenig mit der Lebensrealiät indigener Frauen gemein haben, wird bei der Lektüre ihrer eigenen Werke wie beispielsweise dem von Chrystos mehr als deutlich. Die Auswahl der Gedichte und wenigen Prosastücke, die in *Wilder Reis* erscheinen, erfolgte in Zusammenarbeit mit Chrystos im Anschluß an die schon erwähnte Veranstaltungsreise, die sie im Frühling 1996 nach deutschland brachte. Für Chrystos waren die vielen Diskussionen mit Frauen und Lesben hier wichtig und anregend für ihre Arbeit. Es war ihr Wunsch, ihnen etwas von sich zurückzugeben. Der Titel des Bandes rührt von Chrystos' Ursprüngen her, den Menominee, dem Volk des wilden Reises.

Die Texte sind sowohl stilistisch als auch inhaltlich repräsentativ für Chrystos' Gesamtwerk. Sie wurden den Originalwerken *Not Vanishing; Fugitive Colors; Dream On; Fire Power* und *In Her I am* entnommen. Das Gedicht »Danke Rauischholzhausen« wurde während Chrystos' Besuch in deutschland geschrieben und erscheint hier zum ersten Mal.

Wilder Reis ist ein Angebot, aber auch eine Herausforderung an die LeserInnen, mit einer Vielzahl von Themen, die Chrystos' Gesamtwerk und Leben erfüllen, in Berührung zu kommen. Auf artikulierte Weise zeichnet sie ein Bild der us-amerikanischen Gesellschaft, zum Beispiel in dem Gedicht »Im Land der Freien«, das dem gängigen Mythos des Landes unbegrenzter Möglichkeiten widerspricht. »Ich bin nicht eure Prinzessin« und »Die echte Indianerin lehnt sich gegen« erteilen der Romantisierung und Mystifizierung indigenen Frauenlebens eine unmißverständliche Absage. Auch »Mr. Wind Dancer« beschäftigt sich mit der weit verbreiteten Ent- und Aneignung indigener Kultur durch Nicht-Indigene. Aufgrund dieser Problematik finden Merkmale, die von bürgerlichen LiteraturkritikerInnen als charakteristisch für ein indigenes literarisches Genre hochstilisiert werden – etwa die Beschreibung von traditionellen Bräuchen oder Symbolen –, kaum Eingang in Chrystos' Werk. Elemente indigener Weltsicht kommen dort, wo die Natur lebendig wird und eine gleichberechtigte Stimme erhält, auf subtilere Weise zum Ausdruck, wie in den Gedichten »Wenn ich dies zuerst«, das sie für Audre Lorde schrieb, oder »Danke Rauischholzhausen«, die zudem Beispiele für ihre außergewöhnlich sanfte und melodische Poesie sind. Auch die Trickster-Figur wird wie in »Die Reichen« nicht mystifiziert, sondern eher als pragmatisch handelndes Wesen in Chrystos' (Arbeits-)Alltag eingebunden.

Nüchtern, manchmal trocken webt Chrystos die Turbulenzen ihrer eigenen Geschichte voller Gewalt, aber auch Stärke und Mut in ihre Arbeiten ein. »Es war an einem Samstag« schildert auf sehr persönliche und erschütternde Weise, wie sie als junges Mädchen die sexuelle Ausbeutung durch ihren Onkel überlebte. Auch die Spätfolgen einer Kindheit voller Gewalt und Vernachlässigung kommen in vielen Gedichten und Prosastücken zum Ausdruck. »Ich habe drei Namen« oder »Spätes Frühstück« geben einen Einblick in die Hölle der psychiatrischen Institutionalisierung und deren irreversible Folgen. Chrystos verbrachte selbst über zehn Jahre als Gefangene in verschiedenen Psychiatrien.

Ein roter Faden, der sich durch Chrystos' Arbeiten zieht, ist die Sichtbarmachung von rassistischen und durch Klassenzugehörigkeit zementierten Ausbeutungsverhältnissen. Häufig humorvoll stellt sie Überlegungen an, wie diese zu untergraben wären (»Heutzutage ist kein anständiges Personal zu bekommen«). Ein von Chrystos gerne eingesetztes Sprachmittel sind Wortspiele, die leider allzuoft bei der Übertragung in die deutsche Sprache verloren gehen, auf die aber dann in einer Fußnote hingewiesen wird.

Chrystos' Werk ist ein Beispiel von Widerstandsliteratur, die in Form und Inhalt zur Destabilisierung des herrschenden Diskurses beiträgt. Durch ihr schriftstellerisches Können bringt sie unterdrücktes Wissen ans Licht und befreit indigene Frauen aus den festgeschriebenen Grenzen der *Squaw* und der *Prinzessin*. Mit ihrer oft unverblümten Sprache greift sie herrschende Kultur und Ideologie an. Das Leben schreiben bedeutet, sich der textuellen Gewalt zu widersetzen und sich auf eine selbstbestimmte Position hin zu bewegen – und das ist für die Entkolonialisierung unerläßlich.

Es ist Zeit, daß auch hier in Deutschland mehr Selbstdarstellungen von indigenen Frauen veröffentlicht werden. Vor allem im Hinblick auf die Auseinandersetzungen der weißen deutschen Linken – ob nun gemischtgeschlechtlich oder feministisch – mit Rassismus und Faschismus können diese Stimmen wichtige Impulse geben.

An dieser Stelle möchte ich mich bei den Frauen vom Orlanda Frauenverlag für ihr Engagement, ein Forum für die Arbeiten indigener Frauen in deutschland zu schaffen, auch im Namen von Chrystos herzlich bedanken – megwetch! Insbesondere ihren sensiblen und respektvollen Umgang im Hinblick auf kulturell bedingte textuelle Unterschiede und ihr Ernst-Nehmen des aufgrund von kultureller Enteignung problematischen Verhältnisses zwischen europäischen Verlagen und indigenen SchriftstellerInnen, möchte ich hiermit ausdrücklich anerkennen. Zu häufig setzen sich eurozentristische und kolonialistische Strukturen trotz des feministischen oder internationalistischen Anspruchs hiesiger Verlage bei solchen Projekten fort. Die solidarische Zusammenarbeit mit Dagmar Schultz und Ekpenyong Ani, deren hervoragende Lektoratsarbeit für die Übertragung der Texte ins Deutsche äußerst hilfreich war, habe ich sehr geschätzt.

Allen meinen Freundinnen, die mir bei der Arbeit halfen, ebenfalls besten Dank, megwetch!

Audrey Huntley im Mai 1997

WOMAN

will you come with me moving
through rivers to soft lakebeds
Come gathering wild rice with sticks
Will you go with me
down the long waters smoothly shaking
life into our journey
Will you bring this gift with me
We'll ask my brother to dance on it
until the wildness sings

for Leota

FRAU

willst du mir folgen
durch Flüsse zu weichen Seebetten
Komm wilden Reis* mit Stöcken sammeln
Willst du mit mir gehen
die langen Gewässer entlang sanft
Leben in unsere Reise schütteln
Willst du mit mir dieses Geschenk überbringen
Wir werden meinen Bruder bitten darauf zu tanzen
bis die Wildnis singt

Für Leota

---

* Chrystos ist Menominee, vom Volk des wilden Reises. Hier beschreibt sie die traditionelle Ernte und Bearbeitung des Reises.

Fire Power

WORTE SAMMELN*

In den Jahren, die ich mit dem Kampf der *First Nations* für Souveränität und Gerechtigkeit verbrachte, habe ich in einem Krieg gelebt. Es ist ein Krieg, den alle Indigenen kennen, den aber nur sehr wenige andere respektieren oder wahrhaben wollen. Es ist nicht »nur« (das meine ich sarkastisch) ein Krieg gegen Rassismus, wie der Kampf anderer *peoples of color*, die hier leben, obwohl wir auch Rassismus bekämpfen. Dieser Kontinent ist moralisch und legal unser Land, weil kein Abkommen eingehalten wurde. Bevor eine Regierung das Recht hat zu regieren, muß sie klare Rechtsansprüche auf das Land haben. In der europäischen Geschichte wurden wegen Vertragsbrüchen andauernd Kriege geführt. Folglich verbleiben wir auf besondere Weise im Kriegszustand – nicht für ein Stück des »weißen Kuchens«, sondern weil wir den Kuchen gar nicht anerkennen. Die Regierung arbeitet rund um die Uhr, um alle Tatsachen dieses Krieges (Landraub, kulturelle & spirituelle Enteignungen, Alkoholismus, Kinderraub, Genozid) und seiner Auswirkungen auf uns zu unterdrücken. Krieg ist *keine* Metapher. Unser Kampf wird in den 5-Uhr-Nachrichten einfach nicht gesendet, weil ein wichtiger Teil unseres Genozids im Mythos besteht, daß wir alle in Schränken verschwunden sind oder irgendwo glücklich leben und Handarbeiten an Touristen verkaufen. Uns wird kein Opferstatus zugesprochen, weil das die Anerkennung des schlimmsten Massenmordes in der Weltgeschichte bedeuten würde. Unsere Unsichtbarkeit ist eng mit der Scham der Geschichte verwoben. Wir werden andauernd in den Medien ausgebeutet – für Darstellungen von Romantischem, Wildheit, Dummheit und Verrat. Ich strebe danach, den weißen Nebel der Mainstream-Medien zu durchdringen, weil ich glaube, daß wir, wenn unsere Wahrheit wirklich bekannt ist, viele Verbündete in unserem Krieg haben werden. Diese Gedanken sind nicht nur »meine«, sie sind das Ergebnis vieler Diskussionen mit anderen KriegerInnen der *First Nations*.

---

* Dieser Text erschien im Original als Nachwort in dem Band *Fire Power*. Chrystos bezieht sich deshalb immer wieder auf die Begriffe Feuer und Macht. Der Text ist nichtsdestotrotz als Einleitung für die vorliegende Sammlung von Chrystos' Texten zu verstehen.

Wir machen Witze darüber, daß es viel mehr FBIs *(Feds)** als FBIs *(full-blood Indians)*** gibt & sie *trotzdem* Todesangst haben. Jedem Kampf, den wir um unsere Würde oder unsere vertraglich festgelegten Rechte geführt haben, ist mit Gewalt begegnet worden, oft von Verrätern aus der Regierung, die sich als »einer von uns« ausgeben, wie Douglas Durham. Eine meiner Aufgaben als Schriftstellerin ist es, ihre Sicherheit zu durchbrechen.

Obwohl ich das Wort »Opfer« hasse, weil es Hilflosigkeit beinhaltet, sind wir Opfer – unbewaffnete leichte Beute –, bevor wir in die massive & beabsichtigte Lügenkampagne hineingeboren werden, die die Geschichte der Regierung & ihrer Verwalter ausmacht, Konzerne, die ich die gierigen Jungs nenne. Ich nenne sie so, um mich an ihren unreifen Verstand zu erinnern, der das Leben nur aus der engen Perspektive der Profite wahrnimmt. Ich vermeide das Wort »Patriarchat«, weil es (ganz in der Manier der Kolonisierer) die Wahrheit verschleiert. Die gierigen Jungs sind kaum mehr als 500 Jahre auf *Turtle Island*. Das, was wir erleben, ist nicht das Patriarchat, sondern der Kolonisierungsprozeß, von dem Einwanderinnen von Anfang an zusammen mit den gierigen Jungs profitiert haben. Das Patriarchat ist nur eins der vielen Werkzeuge der Kolonisierer-Mentalität & wird oft von Frauen gegen andere Frauen verwendet.

Ich mache mein Schreiben bewußt zur Waffe für mein Überleben & das meiner Verbündeten. Es hat mich überrascht, daß mein Ziel oft von RezensentInnen übersehen wurde. Sie reduzieren mich ständig darauf, »wütend zu sein«, wo doch mein eigentliches Ziel so offensichtlich ist: Ich will zurückschießen, so wie sie es früher taten, aus den Bäumen, in Überraschungsangriffen, die sich als Ketten von kunstvoll aufgereihten Worten tarnen. Meine Texte lassen hoffentlich keinen Zweifel an meiner Absicht offen: Ich bin eine Kriegerin gegen alle Formen der Ungerechtigkeit. Ich beabsichtige eine der vielen Hände zu sein, die weltweit das Überleben indigener Völker sichern (damit meine ich alle kolonisierten Völker, inklusive der Afrikaner, deren Situation so geschickt verschleiert wurde, daß sie im allgemeinen nicht als Indigene bezeichnet werden). Diese Worte sind zweifelsohne Hochverrat. Ich schwöre keiner Regierung die

* Agenten des Federal Bureau of Intelligence.
** Sogenannte Vollblutindianer.

Treue, die uns mißbraucht. Vor langer Zeit sagte mir ein bekannter Schriftsteller, daß mein Gedicht »Ich gehe in der Geschichte meines Volkes« keine Lyrik sei, weil es zu politisch sei. Ich behaupte, daß Lyrik ohne politischen Inhalt narzißtisch ist & uns nichts bringt. Ich glaube auch, daß alles politisch ist – es gibt keinen neutralen, sicheren Ort, wo wir uns verstecken und abwarten können, bis die Brutalität verschwindet.

Zu den vielen Freuden indigener Kultur gehören Wortspiele & der Spaß an Mehrdeutigkeiten. Da Englisch eine der steiferen Herrschersprachen ist, macht es mir Spaß, sie herumzuschubsen. Also ist dies nicht nur ein Buch, das sich als eine Waffe gegen die »amerikanische Kanone« richtet, sondern es geht auch um Wahrheit als Feuer und Macht. Es bedeutet, mein Leben als das einer *First-Nations-Two-Spirited* Lesbe zu sehen – als Feuer & Macht –, die unserer Mutter und uns selbst helfen können zu heilen. Lyrik ist das Lied der Menschen, nicht der angemalte Vogel des Wissenschaftsapparats. Am liebsten höre ich von ZuhörerInnen: »Ich hasse Lyrik, aber ich liebe deine!« Das bedeutet, daß ich das heilige Ziel von Schreiben & Beziehung erreicht habe – zu kommunizieren. Meine ZuhörerInnen sind meine Verbündeten in diesem Krieg, einem Krieg, in dem wir alle Opfer sind, da wir alle kolonialisiert sind. Obwohl es viel schwieriger ist, den Krieg zu spüren, wenn wir weit weg von der Front sind & nach einem guten Essen bequem vorm Fernseher sitzen und Blödsinn gucken.

Dieses Buch enthält viele Teile meines persönlichen Kampfes ums Überleben in einer gewalttätigen, alkoholkranken Familie & meiner anschließenden wiederholten Gefangenschaft in psychiatrischen Einrichtungen über eine Zeitspanne von zehn Jahren hinweg. Das letzte Mal wurde ich im Januar 1975 eingekerkert. Dies zu schreiben hat mir geholfen, viele alte Wunden auszubrennen & ich hoffe, daß es anderen nützt, die diese Trauer teilen. Ich weiß sehr gut, daß meine Erfahrung nicht ungewöhnlich gewesen ist. Indem ich diese dunklen Scherben teile, hoffe ich, andere dazu zu ermuntern, den Schleier der Verlogenheit, hinter dem wir leben, wegzureißen. Die Wahrheit zu erzählen ist eine starke Medizin. Es bedeutet, ein Feuer zu entfachen, das den Weg für andere erhellt. Die Wahrheit wurde von Regierungen, deren Ziel die Ausbeutung ist, schon immer verboten. Wenn wir unsere Feuerkraft aussprechen, schließen wir uns einer langen Reihe von verehrten KriegerInnen an, die gegen die Ungerechtigkeit kämpften und kämpfen.

Macht Euch nicht die Umstände, Euch schuldig zu fühlen, wenn Euer Leben weniger schwierig zu sein scheint als meins. Benutzt Eure Leichtigkeit, um das Leben der anderen einfacher zu machen. So wie ich, wie viele Frauen & Männer & Kinder könnt Ihr Euer Leben zu einer Waffe gegen die Ausbeutung machen. Es ist nicht von Bedeutung, daß wir den Kampf, um unsere Mutter zu retten, vielleicht nicht gewinnen werden. Von Bedeutung ist, daß wir ehrenhaft für sie kämpfen. Diejenigen, die sie vergewaltigen, die uns vergewaltigen, haben keine Seelen. Indem wir sie bekämpfen, retten wir uns selbst. Dichtung ist eine große Kraft zur Heilung, so wie es mir Pat Parker* vor vielen Jahren als erste zeigte. Wir werden tagtäglich bombadiert, damit wir unsere wirklichen Wunden ignorieren. Die Mainstream-Medien lenken unsere Aufmerksamkeit auf Trivialitäten, Krach & Tragödien, an denen wir nichts ändern können (was unser Gefühl von Hilflosigkeit geschickt bestärkt). Ich bete dafür, daß diese Fragmente meines (noch andauernden) Kampfes, ganz & gesund zu werden, Euch anfeuern werden, Eure Macht zu finden, was in der westlichen Syphilisation oft mißverstanden wird. Jede/r von uns wird mit einer Macht geboren & mit einem Ziel, einer heiligen Richtung, für die wir geschaffen wurden. Unsere Aufgabe ist es, den Ort zu finden, wo wir hingehören & unsere Arbeit dort zu tun. Wir kämpfen gegen eine unendliche Verschwörung, die uns unserer Macht berauben & unsere Energie dahingehend umleiten soll, den Staat der Konzerne und Konsumenten für die Profite der Reichen zu erhalten. Macht ist am gefährlichsten, wenn sie gegen andere gerichtet ist; wie eine Kugel geht sie häufig nach hinten los. Ich empfehle Euch, soviel Zeit wie nur möglich damit zu verbringen, still über unsere Gehirnwäsche nachzudenken, zu schreiben oder Euer Arsenal aufzubauen. Insbesondere ermutige ich andere *First-Nations*-Frauen, ihre Geschichte aufzuschreiben – zu Ehren des trauerbeladenen Schweigens unserer Ahnen, die für unser Leben gekämpft

---

* Schwarze Lesbe und Autorin von *Movement in Black*.

haben. Wir leben in einer Welt, die uns andauernd auslöscht; der Prozeß, unsere Gedanken in die Welt der Materie zu bringen, kann ein wichtiger Teil unseres Selbstwertgefühls sein. So habe ich es geschafft, am Leben zu bleiben. Das reinigt uns von den giftigen Verharmlosungen und gibt unseren Seelen Raum zu singen. Diese Lieder, wie die Lieder der Vögel im Morgengrauen, werden unsere Tage gut beginnen lassen. Ich wünsche Euch Mut und das Licht der Liebe, um Euren Weg zu sehen.

which imitate my face as I walk through dog shit
jobs with a pleasant façade hiding my weary fury
Won't sell my mind to corporations or academia
so they declare me unfit to teach
I might say something to get them
in the trouble they deserve
Riding in the backest back of the bus so no one
can surprise me from behind
I open a cold window so I can stand
the stink of vomit & piss
of people just like me who haven't got
the knack of masks
I sit beside a young woman pretending to be poor
with torn jeans, green doc marten boots & a $45 haircut
I can tell at a glance that she isn't hungry
has never worked 10-hour days for weeks & weeks
so as not to get fired
Her hands & face are smooth with ignorance
Next to her on the seat is a copy of
Their Eyes Were Watching God
Idly I wonder if it's required reading
because this bus ends up in the university ghetto
where you can buy
arts & crafts from every part of the world
in a quest to be hipper than thou
which is like holier than thou
but you don't have to get up early
on Sunday for church
My earplugs don't quite drown
out the young men banging egos over existentialism
which I read about in high school & discarded
I've been cleaning houses for 40 years
Started with my mother's
Moved on to washing kitchen floors on Saturdays

die mein Gesicht nachäffen, laufe ich durch Jobs wie Hundescheiße
müde Wut hinter einer netten Fassade verbergend
Ich verkaufe meine Gedanken nicht an Konzerne oder die
akademische Wissenschaft
sie erklären mich also für untauglich zum Unterrichten
ich könnte ja etwas sagen, das sie in Schwierigkeiten bringt
die sie verdient haben
Im Bus ganz hinten im hintersten Teil sitzend
damit mich niemand von hinten überraschen kann
öffne ich ein kaltes Fenster wegen
des Gestanks von Erbrochenem und Pisse
von Leuten genau wie ich, die es mit den Masken
nicht so raus haben
Ich sitze neben einer jungen Frau, die so tut, als wäre sie arm
kaputte Jeans, grüne Doc Martens & eine 45-Dollar-Frisur
auf einen Blick sehe ich, daß sie keinen Hunger hat
noch nie 10-Stundentage über Wochen hinweg gearbeitet hat
um nicht gefeuert zu werden
Hände und Gesicht glatt vor Ignoranz
Neben ihr auf dem Sitz liegt eine Ausgabe von
*Their Eyes were Watching God**
Träge frage ich mich, ob es Pflichtlektüre ist
diese Buslinie endet nämlich im Universitätsghetto
wo du Kunsthandwerk aus allen Teilen der Welt kaufen kannst
um hipper als alle anderen zu sein
das ist wie frommer als alle anderen sein
ohne sonntags für die Kirche
früh aufstehen zu müssen
Meine Ohrstöpsel können die jungen Männer nicht ganz
ausschalten, deren Egos sich in Sachen Existentialismus
zu übertrumpfen versuchen
worüber ich in der High School las & die Idee verwarf
Seit 40 Jahren putze ich Wohnungen
Fing mit der meiner Mutter an

---

* Titel eines Romans der afro-amerikanischen Autorin Zora Neale Hurston, der 1937 veröffentlicht wurde.

in Pacific Heights for 50c each on my hands & knees
I'm still on them
but now my elbows are full of sharp razors
my joints are swollen   knees ache
I drink a pot of tea to get through a day
This beautiful mind given to me by Creation
has never been well used for more
than a few days at a time
What's the use of weeping
What's the use of breathing
There is no place to match my need
No relief from these beggar words
Books I could write
wash down the drain
as I rinse off comet
At least I've a roof to rent & food
Have to stop
writing this before I get up & start strangling
all the innocent young euro-immigrants around me
I count 23
Couldn't finish them all before
the cops would arrive
There's millions more where they came from
Twisted in rage rotting my soul I'll shut
up now like I'm supposed to

for Dawn Daylight

Ging dazu über samstags in Pacific Heights
Küchenböden zu schrubben
für 50 Cent das Stück auf Händen & Knien
auf denen ich immer noch bin
nur sind meine Ellenbogen jetzt voller scharfer Klingen
meine Gelenke geschwollen   meine Knie schmerzen
Ich brauche eine Kanne Tee, um den Tag zu überstehen
Mein schöner Verstand, den mir die Schöpfung gab
wurde noch nie länger als ein paar Tage am Stück
wirklich eingesetzt
Was nützt das Weinen
Was nützt das Atmen
Es gibt keinen Ort, der meiner Not entspricht
Keinen Trost, den diese armseligen Worte geben könnten
Bücher, die ich schreiben könnte
den Abfluß hinuntergespült
während ich Scheuermittel abwische
Wenigstens habe ich ein Dach zur Miete & Essen
Muß aufhören
das hier zu schreiben, bevor ich aufstehe & anfange
all diese unschuldigen jungen Euro-Eindringlinge um mich herum zu
erwürgen
23 zähle ich
Könnte nicht mit allen fertig werden
bevor die Bullen kämen
es gibt noch Millionen weitere dort, wo sie herkamen
Krumm vor Wut, die meine Seele verfaulen läßt, werde ich jetzt
still sein
so wie es sich gehört

Für Dawn Daylight

WHEN SHE

told me she
wanted another woman grief
went for a walk until
it stopped floundering shells
broke under heavy
boots rocks were holes
seaweed red fingers stones
were wounds driftwood collapsed
in bone fragments
there were tears or rain
graves were dug up
the tide came in with fast fury
storm in the water debris
that didn't belong
wind blew my head open
when she told me

ALS SIE

mir sagte sie
wolle eine andere Frau ging
die Trauer spazieren bis
sie aufhörte sich zu quälen Muscheln
zerbrachen unter schweren
Stiefeln Felsen waren Löcher
Seetang rote Finger Steine
Wunden Treibholz brach zusammen
in Knochensplitter
Tränen oder Regen waren da
Gräber wurden ausgehoben
die Flut kam in schneller Rage
Sturm im Wasser Abfälle
die nicht da sein sollten
der Wind riß mir den Kopf auf
als sie es mir sagte

IN OKLAHOMA

your face appears in the bark of a tree
I've never seen before
with a dry sweet smell of your voice
leathery rough leaves serrated
Your photo smiles at a table
of half-eaten food wearing
your Butch jacket & a cocky look
clinging to my refrigerator since
you kissed a gun in a shopping mall
& all of us
good-bye
whithout a word
I carry you
to Winnipeg to Chicago to small
university towns I've never heard of
& you'd poke fun at
I am unraveling this message
you've left me left us
Suicide a word with no metaphor
a razor wire fence
that comes in my dreams dragging me over
We were children born into alien worlds
We share the scars of rape
our eyes old as slavery
On the back of this picture your writing
scrapes across *Here I am*
in my favorite place, next to the food
& the back door
I've sat on your back porch believing
we'd eat together again
You are incomprehensible too big a word
knotted through my fingers
I stare at your death which calls to me
I'm not following you

IN OKLAHOMA

erscheint dein Gesicht in der Rinde eines Baumes
den ich noch nie gesehen habe
mit dem trockenen süßen Geruch deiner Stimme
lederne rauhe Blätter gezackt
Dein Foto lächelt auf einen Tisch
halbgegessenen Essens herab mit
deiner Butch-Jacke & einem großspurigen Blick
an der Tür von meinem Kühlschrank klebend seitdem
du in einer Einkaufspassage einer Knarre
& uns allen
den Abschiedskuß
gabst
ohne ein Wort
Ich trage dich
nach Winnipeg nach Chicago in kleine
Universitätsstädte von denen ich noch nie gehört habe
& über die du dich lustig machen würdest
Ich entwirre diese Botschaft
die du mir uns hinterlassen hast
Selbstmord ein Wort ohne Metapher
ein Stacheldrahtzaun
der in meinen Träumen auftaucht und mich hinüberzieht
Wir waren Kinder, die in fremde Welten hineingeboren wurden
Wir teilen die Narben der Vergewaltigung
Unsere Augen so alt wie die Sklaverei
Auf der Rückseite dieses Fotos
deine Schrift
hinübergekratzt *Hier bin ich*
an meinem Lieblingsort, in der Nähe des Essens
& der Hintertür
ich habe auf deiner Hintertreppe gesessen
fest davon ausgehend, daß wir wieder zusammen essen würden
du bist unfaßbar – ein zu großes Wort
verfängst dich zwischen meinen Fingern

My love bitter
slaps you so hard
You could
have called

for J Max

ich starre deinen Tod an er ruft mich
ich folge dir nicht
Meine Liebe bitter
schlägt dich hart
du hättest
anrufen können

für J Max

THE ROMA SAY

Bury me standing up
as I've been on my knees
all my life
I know this place
as sun rises a bouquet of gold lights
perfuming water of the Sound
I focus on the flowers
as voices babble
what they want
my maid's knees aching, my fingers curved
& swollen with scrubbing
I know this place
though I grew up hearing the word *gyp*
to mean cheat or steal
said it myself until you taught me better
Stealing is another familiar idea
I've stolen breath, time, women
Far more has been taken from me
as I've mimed a walk
from my knees
The water remembers us
We've never been savage in her arms
We know justice as a strange swamp creature
useful for murdering us
My mother said if I was not good
the Gypsies would come & steal me
I'd seen a beautiful empty Gypsy caravan
painted all over with roses
at the Sutro's Baths Museum
before it burned down
along with a vast intricate town
made all of matchsticks
by convicts
who know this place too

DIE ROMA SAGEN

Beerdigt mich aufrecht
denn ich war mein ganzes Leben lang
auf den Knien
ich kenne diesen Ort
wenn die Sonne aufgeht ein Strauß goldener Lichter
parfümiert das Wasser von Puget Sound
ich konzentriere mich auf die Blumen
während Stimmen brabbeln
was sie wollen
meine Dienstmädchenknie schmerzen, meine Finger krumm
& geschwollen vom Schrubben
ich kenne diesen Ort
obwohl für mich seit Kindertagen das Wort *zigeunern**
betrügen oder stehlen bedeutet
habe es selbst gesagt bis du mich eines Besseren belehrt hast
Stehlen ist eine weitere vertraute Vorstellung
Atem, Zeit, Frauen habe ich gestohlen
Viel mehr wurde mir genommen
während ich auf den Knien
so tat als ginge ich
Das Wasser erinnert sich an uns
Wir sind in seinen Armen nie Wilde gewesen
Wir kennen die Gerechtigkeit als eine unheimliche Sumpfkreatur
brauchbar, um uns zu ermorden
Meine Mutter sagte, wenn ich nicht brav sei
kämen die Zigeuner, um mich zu stehlen
Ich hatte einen wunderschönen leeren Zigeunerwagen gesehen
ganz mit Rosen bemalt
im Sutro's Baths Museum
bevor es niederbrannte
zusammen mit einer ausgedehnten verwinkelten Stadt
aus Streichhölzern
von Sträflingen aus San Quentin gebaut
die diesen Ort ebenfalls kennen

---

* Übersetzung von »gyp« was von »gypsy«abgeleitet ist.

I waited on childhood corners
anxious to be stolen
from my life of hunger   beatings   shame
The Gypsies didn't come
This absurd disappointment rests
in a burnt town of memories
No water douses these flames of a child
who beaten down & with no home
hopes for a fire circle
surrounded by roses
where like sun
they'd let us be
off our knees
We know this place

for Morgan Ahern, Roma Woman

ich wartete an den Ecken meiner Kindheit darauf
endlich gestohlen zu werden
weg von meinem Leben aus Hunger Schlägen Scham
Die Zigeuner kamen nicht
Diese absurde Enttäuschung bleibt
in einer verbrannten Stadt aus Erinnerungen
Kein Wasser löscht diese Flammen eines Kindes
das niedergeschlagen & ohne Zuhause
darauf hofft um ein Feuer im Kreis zu sitzen
umgeben von Rosen
wo sie uns
wie Sonne von unseren Knien
aufstehen ließen
Wir kennen diesen Ort

Für Morgan Ahern, Roma-Frau

hielt mir gerade mit schwerem deutschen Akzent einen ernsthaften Vortrag darüber, wie vorteilhaft es sei, erdverbunden zu leben, wie die indigenen Amerikaner es taten. *Taten?!* Aber ich war still.
Ich habe gelernt, meine sarkastische Zunge im Zaum zu halten, nicht zu fragen, wie mensch denn *sonst* leben soll – selbst wenn du dein ganzes Leben in einem Flugzeug verbringen würdest, müßtest du immer noch landen, um aufzutanken. Ich war im klebrigen Netz seiner Aufrichtigkeit gefangen und beobachtete, wie die Krähen in den übriggebliebenen Bäumen traschten.
Wir haben eine neue Garage für drei Autos erworben, dazu das passende Haus auf dem Hang, das die Nachbarschaft, den Ausblick & das Adlernest ruiniert. Er mußte mir von dem wirklich tollen Job erzählen, den er bei Microsoft als irgendein Genie hatte, bis er alles aufgab, um natürlicher zu sein. Ich hielt mir die Hand vor die Augen, als sei die Sonne zu hell, er sollte meinen Blick nicht sehen, der ihn zum echten Vollidioten erklärte. Ich persönlich kenne keine Indianer, die eine gute Stelle aufgeben würden, aber ich schätze, wir sind schon zu natürlich. Er wollte, daß ich viel verstand – was mir schier unmöglich ist –, aber ich machte die Geräusche, die Begriffsvermögen vortäuschen. *Hey! Begriffsvermögen, was für ein abgehobenes Wort! Komm wieder runter & sei natürlich!* Ich versuchte, mich an meine Einkaufsliste zu erinnern, während mir auffiel, daß sein neuer Truck & das dazu passende Boot *beide* zu seinen schimmernden babyblauen Augen paßten – wenn das kein Sinn für Mode ist. Mein Auto ist rostbeige und paßt zu meinen Tennisschuhen. Ich weiß jedoch nicht, wie man Tennis spielt, also sollte ich sie lieber Schleicher nennen, weil ich als Indianerin (zwar nur halbgar, aber echt) zweifelsohne gut schleichen kann. Mr. Wind Dancer ist ein Earth Steward*, was wohl heißt, daß er sich viel um die

* Umweltschutzorganisation. Wortspiel auf Englisch, weil »to stew«auch bedeutet, über etwas nachzugrübeln.

Erde sorgt, wobei ich mir nicht sicher bin, ob es der Erde etwas nützt. Er macht ebenfalls bei der Native American Theatre Company mit, obwohl ich mir nicht vorstellen kann in welcher Funktion – vielleicht ist er der Laufbursche für die Requisite. Ich war sehr liebenswürdig & bat ihn nicht, zu Ehren seines Namens zu tanzen, weil mir klar war, daß alles nur in seinem Kopf existierte & er wahrscheinlich nicht einmal wußte, aus welcher Richtung der Wind gerade kam. Ich skalpierte ihn auch nicht, weil sein Haar nicht besonders attraktiv war. Nachdem ich ihm entkommen war – immer noch so unnatürlich, wie ich nur sein kann, wenn ich mich wehren muß –, ging ich zum Laden, wo sie doch tatsächlich Geleebohnen in einem Plastikbehälter mit einem kleinen roten & blauen & gelben Kriegerkopfschmuck oben drauf hatten. Ich brach im Gang in Gelächter aus & der Manager eilte wie der Wind herbei, aber ich gewann meine Beherrschung noch rechtzeitig wieder, um die Bullen nicht am Hals zu haben. Ich konnte es mir nicht leisten, diese Geleebohnen für Mr. Wind Dancer zu kaufen. Wirklich schade, denn er hätte den kleinen Kriegerschmuck vorne auf einen Truck kleben können. Nun fragt mich nicht, was ich statt dessen kaufte, es war alles ziemlich unnatürlich, aber immerhin schlich ich davon, der Erde so nahe, wie ich nur konnte.

Für Marie Annharte Baker

LATE BREAKFAST

When they put blue ice in her mind
when they took her name
burned her brain synapses
when they put her drooling in a chair
her hands like strangers
in her blue cotton pajama lap
when wet through the arms her
mind was lifted out with an electric pitchfork
pierced
when they stole her memory
traded her life for a rubber tongue depressor
when her tangled hair
wore the mark of their machines
her black eyes erased blank
when I saw what
they did to her
because she was depressed
I practiced smiling

for Pam

SPÄTES FRÜHSTÜCK

Als sie blaues Eis in ihren Verstand legten
als sie ihren Namen wegnahmen
ihre Gehirnsynapsen verbrannten
als sie sabbernd in einen Stuhl gesetzt wurde
ihre Hände wie Fremde
auf ihrem Schoß in blauen Baumwollpyjamas
als ihre Achseln durchnäßt ihr
Verstand mit einer elektrischen Heugabel herausgehebelt wurde
durchstochen
als sie ihre Erinnerungen stahlen
ihr Leben gegen einen Gummikeil für die Zunge eintauschten
als ihr verheddertes Haar
den Abdruck ihrer Maschinen trug
ihre schwarzen Augen leer gefegt
als ich sah was
sie ihr angetan hatten
weil sie depressiv war
übte ich das Lächeln

Für Pam

RUDE AS 2:29 A.M.

I can't sleep
You're here in my bed accusing me again of hurting
you because you thought I said I hated white people
but I didn't
say that
I said, *I don't have time*
to hate white folks
which offends you because it means you aren't
the center of the world as your whole life
has conspired to teach you
I'm sorry that I'm the first one to pierce
your ignorance
for both our sakes
but you're certainly not
the first white person of any age
to resent the clear white heat of my words
& attack me for them
You didn't want
to hear
anything I said
so you pumped up a response
that was your own myth
of what I did say
which is also not the first time
In fact that's the oldest story
of all the white history books
in our own land where we don't even
have a month to call our own
We face each other across an abyss of death
5 centuries of murder, rape & slavery
made this country
Being mad at me doesn't change the facts
Really it is
time now for all the white folks

UNVERSCHÄMT WIE 2.29 UHR MORGENS

Ich kann nicht schlafen
Du bist hier in meinem Bett und wirfst mir wieder vor
dich verletzt zu haben weil
du dachtest, ich hätte gesagt, daß ich weiße Menschen hasse
aber das habe ich nicht
gesagt
ich sagte, *ich habe keine Zeit*
dafür, weiße Leute zu hassen
das beleidigt dich, weil es bedeutet, daß du
nicht der Nabel der Welt bist wie dein ganzes Leben
sich verschworen hat dir beizubringen
es tut mir leid, daß ich die erste bin, die deine
Ignoranz durchdringt
um unser beider Willen
aber du bist bestimmt nicht
die erste weiße Person, alt oder jung
die mir die klare weiße Hitze meiner Worte übelnimmt
& mich deshalb angreift
du wolltest nichts
von dem hören
was ich sagte
also hast du dir eine Antwort aufgeblasen
deine ganz eigene Version
von dem was ich eigentlich sagte
auch nicht das erste Mal
In der Tat die älteste aller Geschichten
in den weißen Geschichtsbüchern
in unserem eigenen Land, wo wir nicht mal
einen Monat haben, den wir unser eigen nennen können*
Wir stehen uns auf verschiedenen Seiten
eines tödlichen Abgrunds gegenüber
5 Jahrhunderte Mord, Vergewaltigung & Sklaverei
erschufen dieses Land
Deine Wut auf mich ändert nichts an den Tatsachen

---

* In den USA gibt es zum Beispiel einen Black History Month, aber keinen Monat für die Indigenen.

to sit down & relax for a change
shut up
& listen
I just don't have time
to hate you
for more than a minute

for a young white man in my New Jersey audience

Es ist *wirklich*
langsam Zeit, daß die Weißen
sich hinsetzen & zur Abwechslung mal die Ruhe bewahren
den Mund halten
& zuhören
ich habe einfach keine Zeit
euch länger als eine Minute
zu hassen

Für einen jungen weißen Mann im Publikum in New Jersey

IN THE LAND OF THE FREE

where they massacre the brave
imprison more people
than any other place on earth
where enormous wealth
accumulates from slave labor
where each of us
has been manipulated into believing poisonous lies
about ourselves, our needs
& our work
where art & poetry are dirty words
death is more common than bread for the poor
In the land of the free
white liberals write about how much
everyone else in other countries suffers
numb to our neighbors and families
When I go to Australia
speak of our homeless, our prison sentences
they are shocked unbelieving
Every city to which I have gone
has men & women & children
standing on freeway ramps or streets
with cardboard signs saying
Will Work For Food
in a country which is
called the breadbasket of the world
In the land of the free
my eyes still see
the slaughtered bodies of my ancestors
my back is raw with the memory of whips
my belly bitter with hunger
my mind aches & flails with lies
I grasp what I see
name it reality
Refuse to put on the emperor's clothes

IM LAND DER FREIEN*

wo sie die Mutigen** massakrieren
mehr Leute einsperren als
sonstwo auf dieser Erde
wo sich Berge von Reichtum
durch Sklavenarbeit anhäufen
wo wir alle
manipuliert wurden, giftige Lügen zu glauben
über uns selbst, unsere Bedürfnisse
& unsere Arbeit
wo Kunst & Dichtung Schimpfwörter sind
der Tod gewöhnlicher als Brot für die Armen
Im Land der Freien
schreiben weiße Liberale darüber, wie sehr
alle anderen in anderen Ländern leiden
taub gegenüber unseren Nachbarn und Familien
Wenn ich nach Australien reise
von unseren Obdachlosen, unseren Haftstrafen spreche
sind sie ungläubig schockiert
In jeder Stadt, in der ich einmal war
gibt es Männer & Frauen & Kinder
die an Autobahnauffahrten oder Straßen stehen
mit Pappschildern, auf denen steht
Arbeite für Essen
in einem Land, das
sie den Brotkorb der Welt nennen
Im Land der Freien
sehen meine Augen
immer noch die abgeschlachteten Körper meiner Ahnen
mein Rücken ist wund von der Erinnerung an Peitschen
mein Bauch bitter vor Hunger
mein Verstand schmerzt & drischt auf die Lügen ein
ich begreife, was ich sehe
nenne es Realität

---

* Eine Zeile in der US-amerikanischen Nationalhymne lautet »In the land of the free and the home of the brave«.

** »Brave«bedeutet auf Englisch mutig und indigener Krieger zugleich.

pretend to be rich & happy drifting through movie stills
stoned out on drugs to disguise my despair
In the land of the free
I insist on wearing our chains
our mutilation
our shame

for Roseann Marble

Weigere mich, des Kaisers Kleider anzuziehen
durch einen Film schwebend so zu tun, als wäre ich reich
& glücklich
stoned auf Drogen, um meine Verzweiflung zu verschleiern
Im Land der Freien
bestehe ich darauf, unsere Ketten zu tragen
unsere Verstümmelung
unsere Scham

Für Roseann Marble

HEAVEN HILL

You don't know how many times, my Turtle Gal, you've
said, *I love you sweetie*, with a catch in your voice that
has saved my sanity   You don't know how many times
I've talked about your stories, how many nights cryin'
at the ends of my rope I've thought of your kind eyes,
remembered all the times your raucous laughter has
burst the skin of racism or whatever nonsense was
pounding me down   Never told you that I agree to
go to conferences I'm not interested in because they
mention that you'll be there   I sleep with your books
near my bed, have kept every letter, card & valentine
you've ever sent   When death creeps close whispering
my songs, it's your quick warm hands & heart who help
me chase that colonizer out   You don't know all
the letters my spirit has written you, those who never
traveled down a pen   You don't remember a blue
basket day when I caught you & Glorita grinning at me
in front of brilliant waves, a photo that keeps my desk
anchored in this world   Don't know how many times
I've prayed for your health, for your lover to come to
her senses   You don't know how many times I talk
to you as I wash dishes or vacuum some job's floors
Now you do

for Beth

HEAVEN HILL*

Meine Turtle Gal**, du weißt nicht, wie oft du *ich liebe*
dich Süße sagtest und deine stockende Stimme meinen
Verstand gerettet hat   Du weißt nicht, wie oft ich über
deine Geschichten geredet habe, wieviele Nächte ich
heulend nicht mehr ein noch aus wußte und an deine
gütigen Augen dachte, mich an all die Male erinnerte,
wo dein heiseres Lachen das Netz aus Rassismus zerriß
oder welcher Unsinn auch immer mich niederdrückte
Sagte dir nie, daß ich auf Konferenzen gehe, die mich
nicht interessieren, weil sie erwähnen, daß du da sein
wirst   Ich schlafe mit deinen Büchern in der Nähe
von meinem Bett, habe jeden Brief, jede Karte & jeden
Valentinsgruß aufbewahrt, die du je geschickt hast
Wenn der Tod sich ganz nah heranschleicht und mein
Lied flüstert, sind es deine warmen Hände & dein Herz,
die mir helfen, den Kolonisierer zu verjagen   Du
kennst nicht all die Briefe, die ich dir im Geiste
geschrieben habe, diejenigen, die nie durch einen Stift
reisten   Du erinnerst dich nicht an den strahlend
blauen Tag, als ich dich & Glorita, breit grinsend, vor
glitzernden Wellen einfing, ein Foto, das meinen
Schreibtisch in dieser Welt verankert   Weißt nicht, wie
oft ich für deine Gesundheit gebetet habe, dafür, daß
deine Geliebte zur Besinnung kommt   Du weißt nicht,
wie oft ich mit dir spreche während ich spüle oder den
Boden bei irgendeinem Job staubsauge
Jetzt weißt du es

Für Beth

---

* Whisky-Sorte.

** Übersetzt: Schildkrötenmädel, eine Anspielung auf Turtle Island, was die indigene Bezeichnung für Nordamerika ist.

Anna Es gibt kein Sammelalbum voller lächelnder Gesichter für die Jahre 1965 & 1966. Das sind einige der Stunden, Gitter vor allen Fenstern, in denen ich erfuhr, was geistige Gesundheit bedeutet: das Girokonto nicht überziehen, eine Stelle haben & eine Einkaufsliste führen. *Wo bist du jetzt, Anna?* Spülst du noch das Geschirr für ihn, für deinen Mann, der dich einweisen ließ, weil du um die Scheidung batest? Ich sehe dich in meinem Badewasser, schreiend, als sie dich den Flur entlang zur Schocktherapie zerrten. Du warst die einzige, die ihnen widerstand. Leidenschaftlich, du warst so lebendig & dann nicht mehr sehr. Deine schwarzen Augen wurden ausdruckslos ich sah, wie die Axt fiel, ich hörte den Dolch in deiner Stimme. *Anna, wo bist du?* Ich muß wissen, daß du überlebt hast, daß du ihm sein Geschirr an den Kopf geworfen hast. Sperren sie dich immer wieder ein? Wo sind wir? Ich kann nicht vergessen. Die Therapeutinnen sagen mir dauernd, daß du nicht wichtig seist, das sei eine schlechte Zeit gewesen, die besser vergessen bliebe, aber du sitzt hier auf meinen Händen. Du brauchst eine Stimme & meine Kehle ist voller Tränen. Sie gehören dir. *Anna, wo bist du? Wo bin ich?* Jetzt sagen sie, daß ich gesund bin. Ich habe die von mir geschaffene Sprache vergessen, nicht mal ein Fetzen ist übriggeblieben. Wo sind die satirischen Collagen über Macht, die ich gebastelt habe aus gehorteten Stückchen von Süßigkeitsverpackungen, Alufolie, aus Jokern & Herzkönigen von geschmuggelten Kartenspielen, aus dem Geld, das ich für eine Flasche Klebstoff sparte? Es gab keine Kunstutensilien im *napa state hospital*. Sie sagten, du und ich seien eine Gefahr für uns selbst und andere. Sie sagten, ich sei chronisch, was bedeutet, daß ich das hier eigentlich niemals hätte schreiben können & ich kann's nicht. Wie kann ich deine Schreie, die Linoleum, Glas, Plastikstühle, Eichentüren, *thorazine* durchschneiden – wie kann ich dich lebend & schreiend auf dieses Papier bringen? Wie kann ich es gesetzwidrig machen, daß ein Mann seine Frau einweisen darf? Wie kann ich das ändern, was sie dir antaten, deinem roten, roten Verstand, deiner Heißen-Kaffee-Zunge, deinem Lachen, das ich nicht sehr oft hörte? Anna, komm hierher zurück, lebe mit mir, ich werde dich nie einsperren. Ich werde dir helfen, Arbeit & Worte, eine Wohnung, FreundInnen zu finden. Anna, es war so unnötig, aber das wußte ich damals nicht. Jeden Morgen wurdest du in die Pfanne gehauen. Du kamst zurück, plappernd wie ein Ei. Schüsse hallen in der Nacht. Ich hoffe, jemand hat deinen Mann ermordet. Deine schwarzen Augen & Haare & goldene Haut weckten mich auf. *Lebst du noch?* Bist du eingesperrt? Du gingst weg. Wir durften dir nicht schreiben. Die Regeln besagen, daß psychische Gefangene nicht mit Entlassenen kommunizieren dürfen. Sie sagen, wir könnten bei dir einen Rückfall auslösen. Wir sind eine Gefahr für uns selbst, Anna. Wir sind eine Gefahr für andere. Bist du noch gefährlich? Ich bemühe mich, meine Gefährlichkeit zu verbergen. Nein, fesselt mich nie wieder an einen Tisch oder ein Bett, oder schließt mich in einem Zimmer ein ohne Kleider oder Decke, vergewaltigt mich nicht mit einem Handtuch in den Mund gestopft, helft mir nicht mehr mit *stelazine* & *thorazine*. Sie waren eine Gefahr für uns, Anna. Sie zerstörten dich. Ich tue so, als wäre ich nicht zerstört, um akzeptiert zu werden & sicher zu sein, aber ich habe eine tote Sprache*, sie wurde gestohlen, ich habe Bilder in mir, die ich Angst habe zu malen. Meine beschlagnahmte Kunst war ein Beweis meiner geistigen Unfähigkeit. Mir ist nicht erlaubt, die Akten einzusehen, die sie über mich führten, mehr als einen Meter breit bis zu meiner Flucht. Es verstößt gegen die Regeln, daß ich meine Bilder zurückbekomme. *Wie könnte ich es wagen, wieder zu malen?* Wir gefährden die Akten. Deine Schreie wurden darin nicht aufgenommen. Stand da *Patientin wieder schwierig nach Anwendung der Schocktherapie; wir empfehlen höhere Dosen Psychopharmaka?* Die Vergewaltigungen von gestern, die Vergewaltigungen von heute. Die Therapeutinnen, die ich später aufsuchte, wollten nicht über *napa* reden. Sie wollten über meine Mutter reden, die nie versuchte, meinen Verstand unter Strom zu setzen, mir nie Beruhigungsmittel aufzwang oder mich nackt an ein Bett fesselte, obwohl sie mich einweisen ließ. Der Schaden, der an den Geschädigten angerichtet wird, ist schlimmer. Heute Nacht ist der Mond voll von uns. Anna, das ist unser Mond, wir waren wahnsinnig. Sind wir immer noch wahnsinnig, nur bessere Lügnerinnen? Ich höre eine Sirene. *Wen sperren sie jetzt ein?* Anna, bitte geh mir

---

* Hier ist sowohl die Sprache der Menominee, die sie nie lernte, gemeint als auch die Notizen über die von ihr erschaffene Sprache, die ihr in der Psychiatrie weggenommen wurden.

aus den Schultern. Ich will dich halten. Sie hinderten mich daran. Ich bewahrte dein Frühstück an diesen Morgenden auf, aber du hast gesabbert, mich nicht erkannt, Anna nicht gekannt. Stunden später würdest du langsam aus dem Tod erwachen, du sahst verwirrt aus. Anna, sie zerstörten deinen Verstand. Sie halfen ihm so viel, daß er ausgelöscht wurde. Nach 10 Schocks sagtest du, *ich werde ihnen sagen, daß es mir viel besser geht. Ich will keine Scheidung, ich habe mich geirrt, ich will nach Hause zu meinem Mann.* Ich wollte schreien/ tat es nicht/ schon lange genug dagewesen/ wußte ich es besser. Ich sehe mich einen Tisch durch das Fenster werfen. War das jemand anderes? So vollgepumpt wie wir alle waren, wurden wir zu einem einzigen Puls der Trauer. Habe ich den Tisch durchs Fenster geworfen, weil du dahin zurückgingst, in das Zuhause, wo er dich eingesperrt hat? *Anna, bist du endlich frei?* Bin ich's? Das wichtigste beim Vortäuschen geistiger Gesundheit ist, nie über die Zeit zu sprechen, als du nicht gesund warst oder sie sagten, daß du es nicht warst, aber den Unterschied kann ich auch nicht ausmachen. Ich verstecke wer ich bin. Manchmal kann ich mein Konto ausgleichen. Ich schreie nicht oft. Mein Hals ist zu. Bin ich geistig gesund, Anna? Was bedeuten dir diese Tränen? Werfen dir deine Kinder komische Blicke zu & fragen sie sich, ob du wieder *so* drauf kommen wirst? Kannst du dich an die Vergangenheit erinnern? Hat er dich soweit getötet, daß er dich behalten kann? Sie konnten mir keine Elektroschocks geben, weil ich mit einem Herzfehler geboren wurde und sie mich umgebracht hätten. Die Schwestern und Pfleger haßten mich, weil sie es nicht tun konnten. Sie tun es gerne. Sie taten mir dafür andere Dinge an. Ich habe immer noch eine sehr starke Blase. 10 Stunden oder länger festgeschnallt, weigerte ich mich in meinem eigenen Urin gedemütigt zu sein. Sie haßten meinen Stolz. Sie haßten deinen. Stolz bei einer Frau ist eine Sünde, Anna. Das bestrafen sie. Waren wir damals verrückt? Ich fühlte dich in mir. Ich liebte dich, ich haßte deinen Mann, ich machte mir Sorgen wegen dem, was dir geschah. Ich habe dich nie vergessen. Ist das verrückt? Ich erinnere mich nicht an deinen Familiennamen, weil es seiner war. Deine weichen, vollen roten Lippen, deine prüfenden Augen, deine markante Nase. Wie schmal du warst, dünn mit knochigen Handgelenken. *Anna, wo bist du?*

Pam Du erzähltest mir sehr lustige Geschichten über deine gescheiterten Versuche, dich umzubringen. Deine Mutter war Näherin in den Ausbeuterbetrieben von Chinatown, wo die Touristen Blechstraßenbahnen & Aschenbecher mit nackten Blondinen kauften. Dein Hunger. Ein Vater, der dich schlug & dich schlug & dich schlug & dich schlug & du starbst nicht. Das Krankenhaus dachte, daß du verrückt seist, dich umbringen zu wollen, so jung, wie du warst. So jung wie ich. Du konntest keinen Job finden. Was du kanntest, waren die Hinterhöfe Chinatowns, deine Familie in einem Zimmer. Einmal spielten wir, daß wir amerikanischer Käse seien, der schmilzt & die ganze Welt bedeckt. Du bekamst auch die Blaue-Streifen-Kur. Die Schüttel-dich-durch-Mark-und-Bein-und-lösch-dich-aus-Kur. Sie sollte deine Depression heilen. Sie taten es 32 mal. Du warst immer noch depressiv. Wolltest immer noch nicht leben. Sie sprachen nicht über Armut oder Rassismus im staatlichen Krankenhaus. Es war alles unsere Schuld. Sie entschieden letztlich, daß du geheilt warst. Du hattest dich die ganze Zeit, die wir zusammen waren, nicht verändert. Sie ließen dich bei einem Winzer arbeiten, Trauben pflücken. Weil ich mit einer MTA schlief, die Briefe für mich schmuggelte, schrieben wir einander eine Zeitlang. Dir gefiel es, im Tal zu wohnen, mit den Weinreben und den Bergen und der Sonne und so viel Platz. *Wo bist du, Pam?* Du zeigtest mir Bücher, die ich nie zuvor gesehen hatte. Du brachtest mir etwas Geduld, etwas Stille bei. Du hast nicht geschrien auf dem Weg. Du warst aus Holz geschnitzt. Es muß sich genau wie die Schläge von deinem Vater angefühlt haben. Deine langen, schönen schwarzen Haare mit einem Stoffetzen zurückgebunden. Sie wollten sie abschneiden wie meine, weil sie bei der Schocktherapie im Weg waren, aber das war dein einziger Widerstand gegen sie. Ein leises *Nein*, das sie respektierten, wie sie keine von uns respektierten. Ich wollte das Geheimnis deiner Macht. Bist du schon wach? Pflückst du immer noch Trauben? Ich war in dich verliebt & hatte Angst, es dir zu sagen. Wenn ich versuche über dich zu schreiben, werde ich hölzern. Haben die Trauben dich geheilt? Waren wir verrückt? Hat meine Liebhaberin heute nacht Wein getrunken, den du gemacht hast?

Terry Seidene Taube, sie trennten uns, weil sie uns erwischten, wie wir einander hielten. Du hast mir beigebracht, mir die Arme mit Rasierklingen aufzuschlitzen, handeltest mit Küssen von den Männern auf der Alkistation. Einmal brachtest du deinem Psychiater, einem Freund deines Psychologenvaters (dem alles erzählt wurde, was du sagtest), eine Schüssel mit deinem Blut, was er abstoßend fand. Ich fand, es war ein sehr starkes Symbol, da sie uns auf diese Weise aussaugen wollen. Uns den Erinnerungsschmerz und die Unfaßbarkeit von allem nehmen, sie wollen, daß wir uns *anpassen*. Wenn wir unsere Arme abschneiden, werden wir das vielleicht. Der flüchtige Reiz von Narben. In der Öffentlichkeit trage ich lange Ärmel, bin es leid, zu lügen oder meine Narben zu erklären. Sie waren unser gemeinsames Liebesritual. Im Morast von *thorazine* konnte ich die Schnitte nicht spüren. Überhaupt kein Gefühl. Mit der Faszination einer Künstlerin beobachtete ich das Spritzen des Blutes, brillante Rubine, die ins Klo prasselten, eine wirbelnde Lache färbt das Wasser rosa. Immer darauf bedacht, mich über dem Klo zu schneiden, damit ich nicht erwischt werde. Wir streiften unsere schwarzen Standardstrickjacken über die offenen Lippen unserer Verzweiflung. Wenn sie es rauskriegten, verfrachteten sie dich in eine Isolationszelle auf der Station für Gewalttätige, wo die Schreie dich selbst im Dunst von noch mehr Drogen wachhielten. Dein Vater dachte, daß etwas mit dir nicht stimmte, weil du nicht glücklich warst & und dich weigertest, mit Jungs auszugehen. Die Nervenklinik, in der er selbst arbeitete, war bestimmt das beste Heilmittel. Dein Vater läuft mir kalt den Rücken herunter, es schaudert mich bis zum Kopf – schwer, mit einem solchen Mann im Nacken *glücklich* zu sein. Wir waren verliebt, schrieben Briefe, die sie beschlagnahmten, unsere Liebe noch ein Beweis dafür, daß wir krank waren. Unsere Küsse trafen auf höhere Dosen, getrennte Stationen, Einschluß, keine Erlaubnis, einander zu sehen oder zu sprechen. Dein Vater zog dich da raus. Danach schrieben wir uns geheime Briefe, ein Jahr lang oder so, und dann gingst du in eine Gurukommune & ich wußte, ich würde dich nie nackt in meinen Armen halten oder die Liebe machen, die wir für unsere Narben brauchten. Ich wollte, daß wir aufhörten, uns zu schneiden, aber wir machten weiter. Gegen eine Klinge gedrückt kann ich nicht tiefer gehen das Gitter fällt ich kann mich an nichts mehr erinnern.

FOR STEPHEN

Though we've been in the same canoe
we weren't rowing together
waves caught us at different dawns
Each of us memorized another oar of denial
smiling a wide grimace of similar teeth
to hide our confused smothered grief
I rode anger until my thighs were bruised
you avoided it until your hands can't get warm
Shut off we've reduced ourselves
to broken bones of dreams
for the convenience of others
We've been doormats   verbal punching bags   failures
Children of two who hate each other
themselves   & us
Rename their hate
true love
until the survival of our tenderness is a miracle
Brother in speaking with me at last
over a long tow rope of silent terror
you give me this great gift
of knowing it wasn't all in my mind
Not crazy you & I are family
though none of the others is
Come from the same screeching storm
we bear witness
to a destination with a deep calm cove
place where our fingers stretch out
feel the light

FÜR STEPHEN

Obwohl wir im selben Kanu gewesen sind
ruderten wir nicht zusammen
Wellen fingen uns in verschiedenen Morgendämmerungen ein
Wir haben beide ein anderes Verleugnungsruder auswendiggelernt
haben mit einer breiten Grimasse ähnlicher Zähne gelächelt
um unseren verwirrten, erstickten Kummer zu verstecken
ich ritt die Wut, bis meine Schenkel wund waren
du hast sie solange vermieden, daß deine Hände nicht mehr
warm werden können
Abgestellt haben wir uns reduziert
auf gebrochene Knochen von Träumen
zur Bequemlichkeit von anderen
Wir sind Fußabtreter gewesen   verbale Sandsäcke
Versagende
Kinder von zweien, die sich hassen
sich selbst   & uns
Ihren Haß in
wahre Liebe umbenennen
bis das Überleben unserer Zärtlichkeit ein Wunder ist
Bruder, indem du endlich mit mir sprichst
über ein langes Schleppseil stillen Terrors hinweg
gibst du mir dieses großartige Geschenk
das Wissen, daß das Ganze nicht Einbildung war
Nicht verrückt du & ich sind Familie
obwohl niemand von den anderen es ist
Vom selben kreischenden Sturm gekommen
legen wir Zeugnis ab für ein Ziel
mit einer tiefen stillen Bucht
Ort, wo unsere Finger sich ausstrecken
das Licht berühren

MY NICKNAME IS MIZ FIREENGINE

My Butch
always
takes me to such nice
places when I spread my legs for her
down into burgundy velvet   shooting out silver
floating on a sea of pink rose petals
electric with blue light   colors with no name on earth
I always
make a lot
of noise in appreciation
but sometimes I have to keep it low
‘cause all her roommates
are home trying to watch a show
or we’re in somebody else’s place
& they don’t do it loud
or my niece & nephew are in the next room
You know all about that being polite & decent routine
So one time when I was way out
there in the stars
she had me trembling & weeping in pure light
I heard a fire engine coming down
the street so I thought *Great*
I can just let go now ‘cause nobody will hear me
but do you know
her roommates can’t stop teasing me
they say
Girl you’re louder than a doggoddamn
red fire engine

MEIN SPITZNAME IST MIZ FEUERWEHRAUTO

Meine Butch
führt mich immer
an solche netten Orte
wenn ich meine Beine für sie breit mache
hinein in burgunderfarbenen Samt   silbern hinausschießend
auf einem Meer von rosa Rosenblättern treibend
elektrisiert mit blauem Licht   Farben, für die es auf dieser Welt
keinen Namen gibt
Ich bin immer
sehr laut
um das zu würdigen
aber manchmal muß ich mich zurückhalten
weil ihre Mitbewohnerinnnen alle
zu Hause sind und versuchen fernzusehen
oder wir sind bei jemand anderem
& die machen's nicht laut
oder meine Nichte und mein Neffe sind nebenan
Ihr kennt ja die alte Leier mit dem sich höflich & anständig
benehmen
Also als ich einmal ganz
da oben
in den Sternen war
sie mich zum Zittern & Weinen in einer Flut von Licht
gebracht hatte
hörte ich ein Feuerwehrauto die Straße
runterkommen und ich dachte *Toll*
ich kann mich jetzt einfach gehenlassen weil mich niemand hören wird
aber wißt ihr was
ihre Mitbewohnerinnen hören nicht auf mich damit aufzuziehen
sie sagen
Mädel du bist ja verdammt noch mal lauter als
ein rotes Feuerwehrauto

BACK ROAD

is the way you came into my hills driving slowly
careful to promise nothing you could not give
Easy with my random wildness
No fence in your hands
Your body over mine is so sure
of each place which craves your mouth
Never gone so far with anyone riding
until I said stop
Held still by your voice
which drains my tears to laughter
As this evening
in the face of my broken mumbling
you told me of driving by a shorn corn field
after lunch break
to see flocks of white egrets
feasting in afternoon light
your amazement pure
as the way you take me
I turn in sleep
find they settle over me for the night
their feathers warm as your eyes
coming upon me
unsurprised

AUF EINER EINSAMEN STRASSE

kamst du langsam in meine Berge gefahren
bedacht, nichts zu versprechen, was du nicht geben konntest
Locker mit meiner ziellosen Wildheit
Kein Zaun in deinen Händen
Dein Körper über meinem kennt jede Stelle genau
die deinen Mund verlangt
Bin noch nie so weit gegangen, mit jemandem geritten
bis ich Halt sagte
Deine Stimme hält mich still
trocknet meine Tränen in Gelächter
An diesem Abend
im Angesicht meines gebrochenen Gemurmels
erzähltest du mir von deiner Fahrt
an einem gemähten Kornfeld vorbei
nach der Mittagspause
um Schwärme weißer Reiher zu sehen
die sich im Nachmittagslicht gütlich tun
deine Bewunderung rein
wie deine Art mich zu nehmen
ich drehe mich im Schlaf
spüre wie sie sich für die Nacht über mich breiten
ihre Federn warm wie deine Augen
die mich erblicken
ohne Überraschung

Dream On

WINTER COUNT

By their own report
amerika has killed
40 million of us
in the last century
The names of those who murdered us
are remembered in names of towns, islands
bays, rivers, mountains, prairies, forests
our own names
We have died as children, as old men & women without defenses
We have been raped, mutilated, starved
experimented on
we have been given gifts that kill
we've been imprisoned
we've been fed the poison of alcohol
until our children are born
unable to grow
We have been killed on purpose
by accident, in drunken rage
As I speak, with each breath
another Indigenous person is dying
Someone part of our holocaust
which they have renamed civilization
Our women are routinely sterilized
without their consent
during operations for other reasons
I have seen the scars
We are the butt of jokes
the gimmicks for ad campaigns
romanticized into oblivion
So carefully obscured
that many think
we are all dead
For every person who came here to find freedom
there are bones rattling in our Mother Earth

WINTERZÄHLUNG

Einem eigenen Bericht zufolge
hat amerika
40 Millionen von uns
im letzten Jahrhundert umgebracht
Der Namen derer, die uns ermordeten
wird gedacht durch Namen von Städten, Inseln
Buchten, Bergen, Prärien, Wäldern
unsere eigenen Namen
Wir starben als Kinder, als alte Männer & Frauen, schutzlos
Wir wurden vergewaltigt, verstümmelt, ausgehungert
für Experimente benutzt
bekamen Geschenke, die töten
Wir wurden in Gefängnisse gesperrt
mit dem Gift des Alkohols gefüttert
bis unsere Kinder geboren werden
und nicht wachsen können
Wir wurden vorsätzlich getötet
aus Versehen, in betrunkener Wut
Während ich spreche, mit jedem Atemzug
stirbt ein weiterer indigener Mensch
Jemand, der zu unserem Holocaust gehört
den sie in Zivilisation umbenannt haben
Unsere Frauen werden routinemäßig sterilisiert
ohne ihre Einwilligung
während sie aus einem anderen Grund operiert werden
Ich habe die Narben gesehen
Wir sind die Zielscheibe von Witzen
der Clou in Werbekampagnen
in Vergessenheit romantisiert
So sorgfältig versteckt
daß viele denken
wir seien alle tot
Für jeden Menschen, der hierher kam, um Freiheit zu finden
rasseln Knochen in unserer Mutter Erde

The ravage of suburbia
covers our burial grounds
our spiritual places, our homes
Now we are rare
& occasionally cherished, as Eagles
though not by farmers, who still potshot us
for sport
Suddenly we have religions they want
& they'll pay for them
Down the long tunnel of death
my grandmothers cry *No*
Give no solace to our destroyers
Into the cold night
I send these burning words
Never forget
america is our hitler

for Paulette D'Auteuil & Bob Robideau

Das Wüten der Vorstädte
bedeckt unsere Grabstätten
unsere spirituellen Orte, unsere Häuser
Nun sind wir selten
& werden gelegentlich geschätzt wie Adler
außer von Farmern, die uns noch immer
abknallen zum Sport
Plötzlich haben wir Religionen, die sie haben wollen
& sie bezahlen dafür
Durch den langen Tunnel des Todes
rufen meine Großmütter *Nein*
Gib unseren Zerstörern keinen Trost
In die kalte Nacht hinein
sende ich diese brennenden Worte
Vergeßt niemals
amerika ist unser hitler

Für Paulette D'Auteuil & Bob Robideau

SOFT

breasts of fire
we live on the water
my tongue drinks you
Wind comes through your tender thighs
I am shaken
You moan   the sun changes
Smoke whips through the air
burning on the water
You are a woman who holds me
Could become warm sky here
Fish between your legs
gasp for air
We share a good meal
Cook pots full
on the water
one can see far into the wind
The crying sky changes
my tongue whips you burning
I am a woman turning you in my arms like air
holding warm smoke delicious
Your need holds secret wind
My fingers reach for your burning sky
You are the place
of sweet water
my hands drink
My breasts on your belly
Place where burning becomes
Time fishes for new water moaning
A place where each stroke could be as slow
as breathing smoke
Your belly makes circles of pleasure on the water
Opening I gasp for life
Clear place
where water & fire meet

WEICHE

Brüste aus Feuer
wir leben auf dem Wasser
meine Zunge trinkt dich
durch deine zarten Schenkel bläst der Wind
ich erzittere
Du stöhnst   die Sonne verändert sich
Rauch peitscht durch die Luft
die auf dem Wasser brennt
Du bist eine Frau, die mich hält
Könntest hier warmer Himmel werden
Fische zwischen deinen Beinen
schnappen nach Luft
Wir teilen ein gutes Mahl
Volle Kochtöpfe
auf dem Wasser
kann frau weit in den Wind sehen
Der weinende Himmel verändert sich
meine Zunge peitscht dich brennend
Ich bin eine Frau, die dich leicht wie Luft in meinen Armen wiegt
warmen Rauch köstlich hält
In deinem Verlangen liegt geheimnisvoller Wind
Meine Finger strecken sich nach deinem brennenden Himmel
Du bist der Ort
süßen Wassers, das
meine Hände trinken
Meine Brüste auf deinem Bauch
Der Ort, wo das Brennen entsteht
Zeit fischt nach neuen Gewässern und stöhnt
Ein Ort, wo jedes Streicheln so langsam
wie das Einatmen von Rauch
sein könnte
Dein Bauch zieht lustvolle Kreise auf dem Wasser
Ich öffne mich und schnappe nach Leben
Klarer Ort

Moan of wind in my hair
you could touch me & light a fire
My hands hold you
a bouquet of lush
flowers on fire
Tall & stately my tongue
takes you down
to the water where we live

wo sich Wasser & Feuer treffen
Der Wind stöhnt in meinem Haar
du könntest mich berühren & ein Feuer entfachen
Meine Hände halten dich
ein üppiger Blumenstrauß, der Feuer gefangen hat
Groß & prächtig
nimmt dich meine Zunge hinunter
zum Wasser, wo wir leben

BRIGHT IN YOUR DARK MOUTH

your tongue sliding along your lips pink
as you lick words
Thoughts drift across your face
You're telling me of the woman you want
fighting to walk off the ruts you've known
I watch your tongue
your eyes where I could glide in
my body a glimmer in their black luster
You're onyx   a molasses woman
tall with muscles on your back   long feet
You dance on coals
You speak of her   I watch you
my lips drifting through a seduction scenario
where I polish your skin until you reflect light
Your pink tongue tending mute places in my body
wants to cradle yours
I sit on my hands to stop from cupping your breasts
as your shirt leans open
We embrace goodbye   good friends
Your mouth still wet with crumbs of her
mine wet
with wanting your pink tongue to speak to me
without words

LEUCHTEND IN DEINEM DUNKLEN MUND

gleitet deine Zunge über deine Lippen rosa
während du Worte leckst
Gedanken huschen über dein Gesicht
Du erzählst mir von der Frau, die du willst
kämpfst gegen die alten Muster an
ich beobachte deine Zunge
deine Augen, in die ich hineingleiten könnte
mein Körper ein Glimmern in ihrem dunklen Glanz
Du bist Onyx   eine Melassefrau
groß mit Muskeln auf deinem Rücken   langen Füßen
Du tanzt auf Kohlen
Du sprichst von ihr   ich beobachte dich
meine Lippen schweben in einem Verführungsszenario
in dem ich deine Haut poliere, bis du spiegelst
Deine rosa Zunge hegt stumme Orte in meinem Körper
der deinen wiegen will
Ich sitze auf meinen Händen, um mich davon abzuhalten
deine Brüste zu nehmen
als dein Hemd sich öffnet
Wir umarmen uns zum Abschied   gute Freundinnen
Dein Mund noch feucht von ihren Krümeln
meiner feucht
vor Verlangen nach deiner rosa Zunge
die zu mir spricht
ohne Worte

MY PLACE

I am the woman whose full arms carry wood to your fire
in the dark
My pulse whispers your name   wind like doeskin
through the trees
I am the woman who stirs your food
watching bubbles turn to stars
I am the woman kneading your days
putting your dreams out to rise in warm bowls
I am the woman who weaves you a marriage sash
my hands purring
I am the woman who wets your mouth
whose silence moves you to another world
My back a rainbow trail
My voice a coyote howl
My feet falling leaves

MEIN ORT

ich bin die Frau, deren volle Arme Holz an dein Feuer tragen
im Dunkeln
Mein Puls flüstert deinen Namen   Wind wie das Fell eines Rehs
durch die Bäume
Ich bin die Frau, die dein Essen umrührt
beobachte, wie aus Blasen Sterne werden
Ich bin die Frau, die deine Tage knetet
stelle deine Träume in warmen Schüsseln hinaus, damit sie aufgehen
Ich bin die Frau, die dir eine Hochzeitsschärpe* webt
mit schnurrenden Händen
ich bin die Frau, die deinen Mund benetzt
deren Schweigen dich in eine andere Welt bringt
Mein Rücken ein Regenbogenpfad
Meine Stimme ein Kojotenschrei
Meine Füße fallende Blätter

---

* Gewebter Gurt mit Perlenarbeit, der für die Hochzeitszeremonie getragen wird (Brauch der Woodlands Indigenen).

HE BURNT

a swastika on her grass
He was drunk he said he didn't know
that her family died in the nazi Holocaust
burning through the sod Cries of burning bodies
children whose hollow eyes are caught briefly
in old newspaper photographs being loaded to die
Music burnt Philosophy burnt Memory burnt
burning through us the stench of kerosene
Could we continue
to live there
digging up the black remains near rose bushes
Always that grass will have a faint trace
unless it is entirely dug up & replanted
Every morning as her children go to school
she glances there with a burning shudder
putting sandwiches in bags
She remembers her mother's memories
of Rosa Sarah Claire Hannah Nora Ruth Judith
She remembers their flight to south america
where the nazis followed
when it seemed they had lost
Their symbol covering jackets of teenagers on street corners
my eyes burn I know the nazis won
as the slaveowners have
We see the evidence of their victories
in every morning's paper burning with a stench
that fills our lives
Not so long ago some other boys burnt a cross
on the grass of a Black familiy
less than thirty miles from the grass of my home
I have dead I carry of my own
I'm sorry he said *I didn't know what I was doing*
Oh but
he did

ER BRANNTE

ein Hakenkreuz auf ihren Rasen
Er war besoffen er sagte, er wußte nicht
daß ihre Familie im Holocaust der nazis gestorben sei
durch den Rasen brennen Schreie verbrennender Körper
Kinder, deren hohle Augen flüchtig eingefangen sind
in alten Zeitungsfotos, als sie in den Tod verfrachtet wurden
Musik verbrannt Philosophie verbrannt Erinnerung verbrannt
durch uns brennt der Gestank von Kerosin
Könnten wir dort
weiter leben
die schwarzen Überreste nahe der Rosenbeete aufbuddeln
Dieser Rasen wird immer eine blasse Spur davon tragen
wenn er nicht vollkommen ausgegraben & neu gepflanzt wird
Jeden Morgen, wenn ihre Kinder zur Schule gehen
blickt sie mit einem brennenden Schauder dorthin
packt Brote in Taschen
Sie erinnert sich an die Erinnerungen ihrer Mutter
an Rosa Sarah Claire Hannah Nora Ruth Judith
Sie erinnert sich an ihre Flucht nach südamerika
wohin die nazis folgten
als sie scheinbar verloren hatten
Ihr Symbol auf den Jacken von Jugendlichen an Straßenecken
meine Augen brennen Ich weiß, daß die nazis gewonnen haben
wie die Sklavenbesitzer auch
Wir sehen den Beweis ihrer Siege
in jeder Morgenzeitung mit einem brennenden Gestank
der unser Leben füllt
Vor nicht so langer Zeit brannten ein paar andere Jungs ein Kreuz
auf den Rasen einer Schwarzen Familie
weniger als dreißig Meilen entfernt vom Rasen vor meinem Haus
ich habe auch meine Toten zu tragen
Es tut mir leid sagte er *ich wußte nicht, was ich tat*
Oh aber
er wußte es doch

I LIKE TO THINK

of the Black miners in south africa
continually
I like to remember that they are always
Black
& always inspected thoroughly as they come from the mines
bringing gold   silver   chrome   diamonds
for always white owners
I need to remember their wages
aligned with the price of diamond & gold jewelry
& so do you
I need to know
they plunder what is their own land
I like to think about the days they spend in total darkness
about how long it is before they see their wives & children
I like to remember the misery of death
under the gleam of necklaces   rings   cars   knives   spoons
I like to think of how much we have in common
stripping our lands for the master
I like to remember all the white owners
of Navajo rugs   Zuni jewelry   Lakota shirts   Pueblo pottery
Mohawk masks   Haida blankets   Pomo baskets
Menominee copper
& the price of those things when whites sell them
to each other after buying them from us for dimes
or taking them
I like to remember some of our most beautiful creations
dying in german & british museums
I like to remember the darkness of our world
where our lives are mere inconveniences to their acquisition
I need to remember that the Native design towels
I want to buy at macy's   fill a white man's pocket

ICH DENKE GERNE

an die schwarzen Bergarbeiter in südafrika
ununterbrochen
ich erinnere mich gerne, daß sie immer
Schwarz
sind
& immer gründlich durchsucht werden, wenn sie von den Minen
kommen
Gold   Silber   Chrom   Diamanten mit sich tragen
immer für weiße Besitzer
Ich muß mich an ihren Lohn erinnern
verglichen mit dem Preis von Diamanten & Goldschmuck
& das mußt du auch
ich muß wissen
daß sie das ausplündern, was ihr eigenes Land ist
ich denke gerne über die Tage nach, die sie
in totaler Dunkelheit verbringen
darüber, wie lange es dauert, bis sie ihre Frauen & Kinder sehen
Ich erinnere mich gerne an das Elend des Todes
unter dem Glanz der Halsketten Ringe   Autos   Messer   Löffel
Ich denke gerne darüber nach, wieviel wir gemein haben
wenn wir unser Land für den Herren ausbeuten
Ich erinnere mich gerne an all die weißen Besitzer
von Navajo-Teppichen   Zuni-Schmuck   Lakota-Hemden
Pueblo-Tonwaren
Mohawk-Masken   Haida-Decken   Pomo-Körben
Menominee-Kupfer
& an den Preis dieser Dinge, wenn sie Weiße verkaufen
aneinander, nachdem sie sie für Kleingeld von uns kauften
oder sie nahmen
Ich erinnere mich gerne an einige unserer schönsten Werke
die in deutschen & britischen Museen verkommen
Ich erinnere mich gerne an die Dunkelheit unserer Welt
wo unser Dasein ihnen den Erwerb lediglich etwas
umständlicher macht

I like to think of our relationship
boiled to a simple phrase
They take   We give
They take more

in honor of Ellen Kuzwayo

Ich muß mich daran erinnern, daß die Handtücher mit
indigenem Design
die ich bei *macy's* kaufen will die Taschen eines
weißen Mannes füllen
Ich denke gerne daran, daß sich unsere Beziehung
auf einen einfachen Satz reduzieren läßt
Sie nehmen Wir geben
Sie nehmen mehr

Ellen Kuzwayo zu Ehren

Seit einiger Zeit führen wir eine umfangreiche, mit Fußnoten, Anmerkungen und einem Register versehene, komplizierte Studie über die *kaukasische** Kultur durch. Der Einfachheit halber werden sie im folgenden die *Cauks* genannt.

Das wichtigste religiöse Ritual, welches für alle Gruppen zentral ist, ist das Vermischen von Stuhl & Urin mit Wasser. Dieser Ritus findet täglich in regelmäßigen Abständen statt & scheint ein Eckstein des Wertesystems dieser Kultur zu sein. Die für diesen Zweck verwendeten Urnen sind häufig aus Porzellan verschiedener Farben, obwohl weiß am häufigsten verwendet wird. Die sehr reichen Herrscher verfügen über Behälter aus geschnitztem Onyx oder Malachit mit vergoldeten Armaturen. Aufgrund der abgeschiedenen Natur dieses Rituals ist es uns nicht gelungen, die Art der Gebete zu erurieren, die dabei gesprochen werden, nicht zuletzt wegen der Tatsache, daß die Tür zum Gebetsraum immer abgeschlossen ist.

Die Hauptbeschäftigung der Mehrheit der nicht-städtischen Bewohner ist die Produktion eines Objektes, das Rasen genannt wird. Eine Vielzahl von Werkzeugen zur Kultivierung dieses Rasens wird auf Marktplätzen verkauft. Er scheint ebenfalls einen heiligen Charakter zu haben, denn es findet auf ihm keine Aktivität statt & die Sorge darum, ihn kurz, grün & quadratisch zu halten, ist eine Dauerbeschäftigung.

Die Hauptnahrungsmittel dieser Kultur können per Knopfdruck aus Automaten oder in kleinen orangefarbenen Kunststoffkiosken erworben werden. Unsere Forscher befanden sie für völlig ungenießbar. Es ist in der Tat erstaunlich, wovon das menschliche Tier leben kann.

Ein weiteres herausragendes Merkmal der *Cauks* ist die Erbauung gigantischer Monumente, die sich grüppchenweise in den Dörfern

---

* Übersetzung von »caucasian culture«. In den USA bedeutet »caucasian«weiß. Die Abkürzung mit »Cauks«ist ein Wortspiel, da das Wort wie »cocks« ausgesprochen wird, was wiederum Schwänze heißt.

befinden. Diese sind keine Behausungen, sondern werden fünf Tage in der Woche für ein Ritual benutzt, welches mit Papieren zu tun hat, die scheinbar heilig sind, wenn man sieht, daß sie mit einer Ehrfurcht behandelt werden, als ginge es um Leben oder Tod. Die Papiere werden herumgereicht, häufig von großer Bestürzung begleitet & letztendlich weggeworfen, wenn der Zauber vollendet ist.

Die Mechanismen, um Krankheit zu heilen, erscheinen in unseren Augen jämmerlich, kompliziert & gleichzeitig unzureichend. Menschen, die ernsthaft erkranken, werden in zartgrünen oder weißen Gefängnissen in Quarantäne gehalten & häufig benutzt, um Maschinen zu ernähren, die scheinbar durch menschliches Blut angetrieben werden.

Kinder, die auf irgendeine Weise mißgebildet sind, werden üblicherweise in zu diesem Zweck erbauten Gefängnissen eingesperrt. Da es kein Wertesystem gibt, das Respekt für die Alten verlangt, werden sie ebenfalls eingesperrt. Diejenigen, die sich in einem Wechsel befinden, werden »verrückt« genannt & ebenfalls eingesperrt. Auch Tiere aus weit entfernten Ländern werden eingesperrt. In der Tat gibt es Diskussionen über eine alternative Theorie vom zentralen religiösen Glauben dieser Kultur – sie besagt, daß ihr eigentliches spirituelles Lebensziel darin besteht, so viel einzusperren wie nur möglich. Die weitverbreitete Verwendung von Zäunen ist das zentrale Argument dieser Theorie.

Unsere Erkenntnisse sind noch unvollständig. Wir hoffen, bis zum Jahre 1992 einen umfangreicheren Überblick zu haben. Dann wird eine Wanderausstellung der Artefakte (darunter auch exhumierte Leichen, um die Bestattungsrituale zu illustrieren) zu allgemeinen Bildungszwecken stattfinden. Ihre Einstellung gegenüber Nicht-*Cauks* ist extrem feindselig & gewalttätig. Viele unserer Forscher sind massakriert worden & doch machen wir im Interesse der Wissenschaft weiter.

Für Louise Benally & ihre Familie

to kiss me into shape   I've the print of hundreds of lips
in every part of my body   Already heard about my long
luscious legs my silky thighs my impossibly smooth skin
my passionate hands   I've been an expert at sex
since he taught me how
Whatever it is that women who weren't abused give
I don't have it
I was torched out long ago   I respond as a knee jerks
to rubber hammer blows   I even enjoy myself
but it doesn't mean I'm giving you me
I don't have a self I can
give
Every piece of me that's still left
I need
I learned to fake being normal   to wear the camouflage
of whoever's in charge
Don't be deceived
I want to stay out of jail & the nut house & I'll do
whatever's necessary
You can't rely on me for anything
You certainly can't ask me to trust you
an oxymoron
Where would I have learned what trust means
Everybody has agreed to be fooled by my act for a long time
some of me is real some isn't
I don't know which is which
during the time I was supposed to be figuring it out
I was busy keeping my mother out of the bin for severe depression
taking care of my brothers & sister while servicing
& pleasing the man who is still
the longest relationship I've had
Don't assume that because I laugh so much I'm happy
mas que nada   better than nothing I survive
I can't talk to you about this because I don't know

VERSUCHE NICHT

mich in Form zu küssen   Ich habe den Abdruck hunderter Lippen
auf jedem Teil meines Körpers   Schon gehört von meinen langen
phantastischen Beinen meinen seidigen Schenkeln meiner
unglaublich glatten Haut
meinen leidenschaftlichen Händen   Ich bin eine Sexexpertin
seit er mir beibrachte, wie es geht
Was auch immer nicht mißbrauchte Frauen geben
ich hab's nicht
ich wurde vor langer Zeit ausgebrannt   Ich reagiere reflexartig
wie ein Knie auf Gummihammerschläge   Ich amüsiere mich sogar
aber es bedeutet nicht, daß ich mich dir gebe
Ich habe kein Selbst, das ich geben
kann
Jeden Teil von mir, der noch übrig ist
brauche ich
Ich lernte so zu tun, als sei ich normal   die Tarnanzüge zu tragen
von dem, der gerade das Sagen hat
Täusche dich nicht
Ich will dem Knast & dem Irrenhaus fernbleiben & ich werde tun
was auch immer notwendig ist
Du kannst dich nicht auf mich verlassen
Du kannst mich bestimmt nicht bitten, dir zu vertrauen
ein Oxymoron*
Wo hätte ich lernen sollen, was Vertrauen bedeutet
Alle ließen sich darauf ein, sich lange Zeit von meiner
Schauspielerei täuschen zu lassen
manches an mir ist echt, manches nicht
Ich weiß nicht, was was ist
während der Zeit, in der ich's hätte rauskriegen sollen
war ich damit beschäftigt, meine Mutter wegen ihrer schweren
Depressionen aus der Klapse rauszuhalten
mich um meine Brüder & Schwestern zu kümmern, während ich
den Mann
bediente & zufriedenstellte, zu dem ich

---

* Widerspruch (sprachliche Figur).

what's real   what are my mother's feelings?   his?   what is
fear still thudding in my chest   I thought I loved him then
He told me I did
How can I explain chaos confusion so deep I don't know
when I want to
or when I do   because you want to
I know when you want to
before you even figure it out
I had to learn how to feel desire before it came at me so I could
escape
I'm not here now as I write
I've been pretending & lying for so long in order to be safe
What could I say to you that wouldn't be another lie
or wouldn't be true tomorrow
The only consistency in my life was violence & loneliness
I'm astounded to have friends who care about me
especially because I haven't always been a good friend
Too much intimacy & my blood begins to snap
Closeness means I can't say no
can't think means I'm not allowed to know or feel
means I'll be punished   You ask me what I want
assume I'm being smart when I don't know or say I don't care
Wanting was scorched out of me   Think of me as a burn victim
in constant pain who functions & endures   who thinks of
death as relief and friend
You don't survive my childhood
you dodge it

for my friend, Martha Walters

die bislang längste Beziehung hatte
Du brauchst nicht zu denken, daß ich glücklich bin weil ich
so viel lache
mas que nada   besser als nichts ich überlebe
Ich kann nicht mit dir darüber reden, weil ich nicht weiß
was wirklich ist   was sind die Gefühle meiner Mutter?   seine?
was ist
Angst, die noch in meiner Brust pocht   Ich dachte damals
ich liebte ihn
Das sagte er mir
Wie kann ich Chaos erklären Verwirrung so tief ich weiß nicht
wann ich will
oder wann ich's will   weil du es willst
ich weiß, wann du es willst
bevor dir das überhaupt klar wird
Ich mußte lernen, Begierde zu spüren, bevor sie mich überfiel
damit ich
fliehen konnte
Ich bin jetzt nicht hier, während ich schreibe
Ich habe mich schon so lange verstellt & gelogen, um
geschützt zu sein
Was könnte ich dir sagen, was keine weitere Lüge wäre
oder morgen noch wahr wäre
Die einzige Beständigkeit in meinem Leben waren
Gewalt & Einsamkeit
Ich staune darüber, Freundinnen zu haben, die sich um mich
kümmern
vor allem weil ich nicht immer eine gute Freundin gewesen bin
Zu viel Nähe & mein Blut fängt an zu kochen
Nähe heißt ich kann nicht nein sagen
kann nicht denken bedeutet ich darf nicht wissen oder fühlen
heißt ich werde bestraft   du fragst mich, was ich will
nimmst an, daß ich Witze mache, wenn ich es nicht weiß
oder sage, es sei mir egal
Verlangen wurde mir ausgebrannt   Betrachte mich wie
ein Brandopfer
mit ständigen Schmerzen, das funktioniert & durchhält

das an den
Tod als Erleichterung und Freund denkt
eine Kindheit wie meine überlebst du nicht
du springst ihr aus dem Weg

Für meine Freundin Martha Walters

DREAM LESBIAN LOVER

is there when I get home from work but allows me silence
to unravel or better yet   isn't there
but has left a note & a little surprise
She rubs my feet for hours
She wants to love me till I can't stand no more
& she rolls over to me so sweet
Dream lover cooks me hot meals & washes up after
Never arrives without flowers & only brings my favorites
Dream lover has long fingers   a patient playful tongue
& thrives on five hours sleep a night
She could play the harmonica   weave pine needle baskets
bead me a wedding sash   write me lust poems & love poems
Dream lover has eyes deep as the sky   feels herself in others
feels our connecting bones   Rises early in the morning
to make the best rich coffee
Aah she could bring you to your knees with a look
& does
Dreamy woman has a bed of lace & roses & home
She could build a fire in the rain
Could always fix my car for free
Could call the dentist to make my appointment
Iron my shirt when I'm in a hurry
Knows how to make chocolate mousse   chocolate silk pie
black bottom cupcakes   molasses cookies   sour cream cake
lemon pound cake & fresh mango ice cream
O such a creamy dreamy one
She's showing up tonight with a butch pout & a femme slink
a tough stance & a long knowing
Dream lover
she won't have any other girlfriends
but won't mind
if I do

a *Personals Ad,* with tongue in cheek

ist da, wenn ich von der Arbeit nach Hause komme, aber sie läßt mir die Ruhe
um zu entspannen oder noch besser   ist nicht da
hat aber einen Zettel & eine Überraschung hinterlassen
Sie massiert mir die Füße stundenlang
Sie will mich lieben bis ich nicht mehr kann
& dann legt sie sich so süß zu mir
Traumliebhaberin bekocht mich & spült hinterher
kommt nie ohne Blumen & bringt nur die, die mir am liebsten sind
Traumliebhaberin hat lange Finger   eine geduldige spielerische Zunge
& kommt mit nur fünf Stunden Schlaf pro Nacht gut aus
Sie könnte Mundharmonika spielen   Kiefernnadelkörbe flechten
mir eine Hochzeitsschärpe mit Perlen besticken   mir Gedichte über Liebe & Lust schreiben
Traumliebhaberin hat Augen so tief wie der Himmel   spürt sich in anderen
spürt unsere verbindenden Knochen   Steht früh auf
um den besten satten Kaffee zu kochen
Ach sie könnte dich mit einem Blick auf die Knie bringen
& tut es
Verträumte Frau hat ein Bett aus Spitze & Rosen & Zuhause
Sie könnte ein Feuer im Regen machen
Könnte mein Auto immer umsonst reparieren
Könnte den Zahnarzt anrufen, um mir einen Termin zu besorgen
Mein Hemd bügeln, wenn ich's eilig habe
Kann Schokoladenmousse machen   Chocolate Silk Pie
Black Bottom Cupcakes   Melasseplätzchen   Quarkkuchen
Zitronenkuchen & frisches Mangoeis
Ach und was für eine cremige traumhafte
Heute abend kommt sie vorbei mit einem Butch-Schmollen
& einem Femme-Gang
einer beinharten Haltung & viel Erfahrung
Traumliebhaberin

sie wird keine anderen Freundinnen haben
aber es macht ihr nichts aus
wenn ich welche habe

Eine ironische Kontaktanzeige

THE WOMEN WHO LOVE ME

have loud voices   laughter   interrupt excitedly
hold me with their breasts   cunts   hands   kiss my neck   bite
my shoulder   talk to me for hours about writing   hummingbirds
wild honeysuckle   trick towels   bleach & laundry
The Women Who Love Me enjoy my new shoes   share
spandex leggings & say I dress like the brimming full silver moon
whisper   LOOK OUT in my ear when dangerous girls hover
Watch my back   my front
put their tongues down my throat   lick my ass
Let my fist bring the sun up in their pussies
We gossip   we cook   we wash up   we tell outrageous lies
The Women Who Love Me know how to write   fuck   paint kiss
dance   hate & love
how to leave a woman & how to stay
The Women Who Love me are usually resented by everybody else
nagged by disrespect or envy
& those who don't get enough sex
without realizing that none of us does either
or prefer books
They're the Lesbians mothers don't want to meet
who make shy girls blush from their feet up
They're out here on the same razor I walk shouting
the goddamn emperor is naked & so is the empress
& no   we won't be quiet
& yes we'll wake the neighbors & scare the postman
with our loud roars of delight
or *Honey where did you get those red lace gloves?!*
or that pin which says
Receive God / Bend Over
or   *GIRL did you see the look that white woman gave you*
she's practicing her noose knots you'd better look out
Yes indeedy we're the Lesbians who receive all the shocked
appalled stares   clucking tongues   venomous spite
from everyone including our own

DIE FRAUEN, DIE MICH LIEBEN

haben laute Stimmen   Lachen   unterbrechen aufgeregt
halten mich mit ihren Brüsten   Mösen   Händen
küssen meinen Nacken   beißen
meine Schulter   sprechen stundenlang mit mir über das Schreiben
Kolibri
wildes Geißblatt   Handtücher für Freier   Bleichmittel & Wäsche
Die Frauen Die Mich Lieben finden Gefallen an meinen neuen
Schuhen   teilen
Spandex-Leggings mit mir & sagen, daß ich mich wie der strotzende
volle Silbermond anziehe
flüstern mir PASS AUF ins Ohr, wenn gefährliche Girls lauern
Geben mir Deckung vorne und   hinten
stecken ihre Zungen in meinen Hals   lecken meinen Arsch
Lassen durch meine Faust die Sonne in ihren Mösen aufgehen
Wir tratschen   wir kochen   wir spülen   wir erzählen
unerhörte Lügen
Die Frauen Die Mich Lieben können schreiben   ficken   malen
küssen
tanzen   hassen & lieben
eine Frau verlassen & bei ihr bleiben
Die Frauen Die Mich Lieben werden meistens von allen
anderen mißbilligt
werden von Respektlosigkeit oder Neid angezickt
& denen, die nicht genug Sex kriegen
ohne zu merken, daß wir auch nicht genug bekommen
oder Bücher vorziehen
Sie sind die Lesben, die Mütter nicht kennenlernen wollen
die schüchterne Mädchen von Kopf bis Fuß rot werden lassen
Sie sind hier, gehen auf der selben Klinge wie ich, schreien
daß der verdammte Kaiser nackt ist & die Kaiserin auch
& nein   wir werden nicht still sein
& ja, wir werden die Nachbarn wecken & den Briefträger
erschrecken
mit unseren lauten Schreien der Verzückung

The Women Who Love Me are the women I adore
Just remember when you open your mouths to trash us
we're the ones carving out the tunnels
so you'll have room to breathe

for Dorothy Allison & Alix Layman

oder *Süße wo hast du diese roten Spitzhandschuhe her?*
oder dieser Anstecker mit dem Spruch
Empfange Gott / Bück dich
Oder *Hast du den Blick von dieser weißen Frau gesehen* MÄDEL
sie übt ihre Schlingen zu knoten, also paß lieber auf
Ja ganz recht, wir sind die Lesben, die all die schockierten
entsetzten Blicke bekommen schnalzende Zungen
giftige Gehässigkeit
von allen, selbst aus unseren Reihen
Die Frauen Die Mich Lieben sind die Frauen, die ich anbete
Erinnert euch, wenn ihr den Mund aufmacht, um uns
niederzumachen
wir sind diejenigen, die die Tunnel ausgraben
damit ihr Platz zum Atmen habt

Für Dorothy Allison & Alix Layman

Ich verbrachte das Wochenende bei ihnen, wahrscheinlich um an dem Abend auf die Kinder aufzupassen, meine Mutter arrangierte diese Besuche häufig   Ihre Schwester hatte sechs Kinder, sie brauchten Hilfe, ich war die Älteste meiner Mutter   Er war wie ein Vater für mich; sie sagten, er verwöhne mich eigentlich   Er hatte mich davon überzeugt, daß ich in ihn verliebt war, so daß sich mein Widerwillen sogar vor mir selbst verbarg

Wir fuhren raus zu einer seiner alten Villen, um zu arbeiten – im alten grünen Transporter, in dem ich ihm manchmal auf dem Parkplatz einen runterholte oder seinen Schwanz lutschte, da unten beim alten Schwimmbad   Damals war es noch eine Eisbahn, bevor es das letzte Mal niederbrannte   Seine Kunden waren in europa, er war Hausmeister, es muß Spätsommer gewesen sein, weiß nicht, wie alt ich war   Vielleicht dreizehn   Es lief schon seit einiger Zeit, ich dachte, ich hätte keine Wahl   Wie Essen kochen & das Haus putzen

Er stellte die Rasensprenganlage an & nahm mich runter in den Keller   Jahre zuvor hatte hier das Dienstpersonal gewohnt   Die alten Stahlbettrahmen & Matrazen & Kommoden waren noch da Keine Bettwäsche oder Decken   Aber Schnickschnack & vergilbte Dinge, die niemand mitgenommen hatte   Stumpfe, lavendelfarbene Seidenveilchen, ein zerknauschtes Bündel auf einem Stuhl Spinnennetze   Ein graues Band, das einmal rosa gewesen war, auf dem Boden   Ich schlenderte durch die verschiedenen Räume, stellte mir vor, wie es gewesen sein mußte, mit einem winzigen vergitterten Fenster zur Sonne zu leben, unter der Erde & mit den Leuten, die wahrscheinlich vierzehn Stunden am Tag bedient werden mußten   War das hier das Zimmer des Kochs oder des Dienstmädchens der obersten Etage?   Wie alt waren sie, als sie in den Dienst traten?   Was wurde aus ihnen?   Leben ihre Kinder noch?   Erinnert sich irgendwer an diese Zimmer?   Die Leute oben sind so reich, daß sie sie verrotten lassen können   Sie brauchen diesen Platz nicht, das Personal wohnt heute außerhalb, niemand findet hier Unterschlupf   Da unten wollte ich weinen, noch vor dem, was danach passierte   Er wollte wieder ficken   Das wollte er meistens   Es schwang immer mit in den freundlichen Worten oder in einem Lächeln oder dem heißen Apfelkuchen bei *zim's*   Es gefiel mir nicht, wenn er mich fickte, es tat weh   Schrecklich weh   Er konnte mich mit seiner Zunge oder seinem Finger zum Kommen bringen, aber nie mit seinem Schwanz   Ich verwandelte mich in eine Stoffpuppe, wenn er mich fickte   Taub   Meine Arme sind immer noch eingeschlafen

Es war das, was er wollte, bei Erwachsenen machst du entweder mit, oder sie schlagen dich   *So ist das Leben, oder?*   Also fingen wir an zu ficken   Ich glaube nicht, daß wir unsere Kleider auszogen, es war kalt da unten & wir konnten nicht lange bleiben, weil er noch andere Rasen zu sprengen hatte   Ich half ihm dabei   Am Ende des Tages gab er mir meistens fünf Dollar   Ich war so stolz auf das Geld   Es war eine Hilfe zu Hause & ich konnte damit meine Schulhefte bezahlen

Irgendwie merkte er, daß ich ein paar Jungs aus der High School gefickt hatte, seitdem er das letzte Mal zugange war   Ich war innen weiter oder sowas   Heute frage ich mich, ob er es wirklich wissen konnte   Er schrie mich an *Hast du es mit jemand anderem getan?*   Ich erinnere mich nicht, ob ich log oder die Wahrheit sagte   Er schlug mich   Blaues Auge   Brüllen & mehr Brüllen, weil ich ihn verraten hatte   Ich war eine Hure & man konnte mir nicht vertrauen   Weinte ich?   Ich weine manchmal, damit die Leute mich in Ruhe lassen   Oder blieb ich einfach da stehen & ertrug es, wie ich es auch manchmal tue, wenn ich denke, daß es schneller vorbei sein wird, wenn ich sie einfach lasse   Wütend ging er weg   Ich hatte Angst, er würde mich im Stich lassen   Ich wußte nicht, wie ich von dort nach Hause kommen sollte   Es war der reiche Teil der Stadt ohne Busse, sie würden die Bullen rufen, wenn sie mich da allein herumlaufen sähen   Er hat wahrscheinlich nur die Hecken geschnitten oder die Erde gerecht oder irgendwas, damit es gut aussah, falls jemand ihn beobachtete   Wollte mich umbringen

Sah eine rostige Rasierklinge auf der Kommode   Versuchte, meine Pulsadern aufzuschneiden, sägte erfolglos daran herum, obwohl sich kleine Blutperlen bildeten, sie war zu stumpf   Ich verstand nicht, daß es so nicht funktioniert, selbst mit einer scharfen Klinge mußt du höher ansetzen, wo du eine Arterie treffen kannst   Das war das erste Mal, daß ich versuchte, mich umzubringen   Ich wurde mit dem Älterwerden geübter, hatte aber nie Erfolg   Für mich ist es immer noch eine Alternative dazu, Schmerzen zu haben oder abgestumpft zu sein   Ich schreibe, um aufzutauen

Er kam zurück   Wieder Brüllen   Ich sei eine nichtsnutzige, wertlose Fotze & eine Idiotin   Wieso wollte ich mir das antun? Ich hatte nicht den Verstand, den mon dieu mir gegeben hatte   Mehr Schläge   Warf mir die Kleider an den Kopf, also muß ich dann wohl nackt gewesen sein   Er sah gerne meine Brüste an   *Zieh dich an, das kannst du doch, oder nicht?*   Das ist der Mann, der mich wirklich liebt, sieh doch was er alles durchmacht für mich, ich glaube ihm   Nicht viel anders als meine Mutter wenn sie mich anschreit, mich schlägt & sagt, daß sie mich liebt   Der alte Papa auch   *Bedeutet denn Liebe nicht, verletzt zu werden, bis du es nicht mehr erträgst?*   Vielleicht weinte ich mittlerweile, denn er schrie HALT DEN MUND   & ich gefror innerlich   Ich bin immer noch in dieser Szene gefroren   *Wird er mich umbringen, weil er mich satt hat?*   Ich kann es noch mal durchspielen   gehe zurück ins schwache Licht dieses Zimmers, Staub, glänzender, gefleckter Spiegel, an dem hinten das Silber abblättert, gestreifte Matratzen aus Drillich mit Knöpfen   deren Abdrücke immer noch auf meinem Rücken waren   Ich kann den Kratzer am Arm fühlen, der später Rosendornen & meiner Ungeschicklichkeit zugeschrieben wurde   Froh, daß meine Mutter mir nie viel Aufmerksamkeit schenkte, so würde sie das blaue Auge nicht bemerken   Besorgt, daß es meine Tante merken würde   *Ich soll nur einen Menschen ficken, denjenigen, der mich besitzt*   *Aber um mich lebendig & frei zu fühlen, muß ich andere ficken, dann fühlt es sich so an, als würde ich mich entscheiden zu ficken, statt dazu gezwungen zu sein*

Ich habe Herzklopfen, während ich das hier schreibe   Er könnte auf dieser Terrasse auftauchen Hunderte von Meilen entfernt, um zu brüllen, daß er mich liebt, daß ich das nicht schreiben kann, daß ich ihn auch liebe   Ich verrate ihn   Meine schrecklichste Angst ist, daß ich ihn doch liebe   Ich war noch so ein Kind, ich wußte nicht, was ich als nächstes tun sollte   Ich gehorchte   zog meine Kleider an, ging raus & stieg in den Transporter   Wir fuhren zur nächsten Villa   Ich jätete Unkraut aus dem Lobelienbeet   Er stutzte eine Rebe   Ich sagte nie ein Wort, zu niemandem, nicht mal ihm   Ich hatte vor langer Zeit gelernt, daß Widerworte Schläge bedeuteten

Ich werde zurück in der Zeit gehen & seinen Schwanz mit der rostigen Klinge abschneiden   Es wird lange dauern & ich werde während dessen auftauen   Dann werde ich ihm den Kopf einschlagen & aus der Kellertür, die er offen gelassen hat, leise weggehen   Ich werde zu Fuß nach Hause gehen   Zu Hause bin ich nicht sicher, also werde ich vielleicht einfach zum Strand gehen & dasitzen bis etwas passiert   Wenn er heute abend hierher kommt, muß ich mir keine Sorgen machen   Ich werde ihn erstechen & Stück für Stück im Holzofen verbrennen   Niemand wird es je erfahren   Nichts ist zu gut für ihn

Für Nuzzler, auch Uppi genannt, der Hund von Lloyd Smith in La Push

Wir lachten uns tot, als wir im geschmacklosesten Motelzimmer des ganzen Universums ankamen, komplett mit Resopalchromtisch & zwei wackligen Stühlen, mit Holzimitat getäfelten Wänden & einer sensationellen Aussicht auf den Parkplatz. Im sargähnlichen Bad konnte sich gerade eine Person umdrehen. Beim Benutzen der Toilette waren deine Knie in der Dusche. Bücktest du dich beim Zähneputzen, war es dein Arsch. Die Kochnische war von ähnlich großartigem Design. Ich hätte mindestens 35 Pfund abnehmen müssen, um in die schmale Lücke zwischen Herd & Spüle zu passen – also kochte ich meistens & sie machte den Abwasch. Ich mußte mich beherrschen, das wunderbare Schild an der Tür nicht mitzunehmen: *Kochen Sie KEINE Krabben in diesem Zimmer. Es dauert Tage, den Geruch zu vertreiben.*

Nun ja, wie ihr sehen werdet, verblaßte diese Umgebung sehr schnell hinter der Nahaufnahme einer neuen Lust/vorsichtigen Liebe, in der jede Kurve alles ist, was frau sieht & nichts so gut ist wie der Geschmack ihrer sich kräuselnden Möse.

Mit dem Farbfernseher, der mindestens 20 Jahre neuer war als alles andere, versuchten wir unsere Geräusche zu tarnen. Erfolglos, denn am nächsten Nachmittag warf uns der mürrische junge Ehemann von nebenan finstere Blicke zu. Ich hatte Angst, sie würden uns hinauswerfen, weil wir beide so laut sind, wenn wir kommen. Ich hatte vergessen, daß niemand öffentlich zugeben will, was für großartigen Sex wir haben können – sie können sich nicht beschweren, ohne ernsthaft den Mythos zu gefährden, daß *Wir nur deshalb Lesben sind, weil wir keinen Mann kriegen können.* Wenn ich daran denke, wie sehr uns alle hassen – Kirchen, Regierungen, Eltern, Schulen, Jobs, Pizzaservices, Tankstellen, Banken – an all den Haß, den wir jeden Tag abschütteln müssen, dann haben wir heißen Sex verdient. Was für eine Erleichterung, mit einer Frau zusammen zu sein, die lauter ist als ich, mich nie zu fragen, ob sie schon gekommen ist oder noch dabei ist, diese furchtbare zitternde Stille. Ich liebe es zu hören, ja, mh hmm, fester, tiefer, langsamer & am Ende die Schreie aus dem bebenden Bauch, die ich erkenne, wenn sie durch mein Blut und über meinen Kopf hinausschießen.

Unser geschätztes geschmackloses Motel lag an der Küste oregons in der Nähe von oceanside. Von meinem Ort (der auch am Strand liegt, aber wie der von Malibu mit Häusern und noch mehr Häusern gesäumt ist) lohnt sich die Fahrt von sieben Stunden. Du kannst meilenweit gehen, ohne auf den Stacheldraht von *Privatem Eigensnobtum* zu treffen. Der Sand war übersät mit erstaunlichen wirbelnden Mustern von ausgelaufenem Öl, die wirklich sehr schön waren, aber ich hätte für saubere Strände darauf verzichten können. Auf dem Weg loderte gelber Ginster am Straßenrand, mit zartgrünen Rosenknospen auf den Spitzen aller Immergrünpflanzen. Wir fuhren unter Blauen Reihern, Habichten, Adlern, einem Fischadler & einigen dunklen Gänsen, die sehr hoch oben nach Norden flogen.

Wir lernten uns vor drei Monaten auf einem Planungstreffen für eine bundesweite Lesbenkonferenz kennen, wo wir uns sehr intensiv über Politik unterhielten. Ich kann mich heute an kein einziges Wort mehr erinnern, wir gleiten ineinander, gehen auf Demonstrationen, beziehen Position, sehen uns politisches Theater an, und das klingt alles wie eine dieser furchtbar ernsten Beziehungen mit sehr wenig Sex, dabei habe ich noch nie so guten Sex gehabt. Einfach gut. Sex, bei dem du den ganzen Tag im Bett verbringst & nie wieder zurück zur Arbeit gehen oder mit jemand anderem reden oder deine Kleider wieder anziehen willst. Sex, der atmet. Sex, der uns beim Gedanken daran in Highway-Gaststätten feucht werden läßt. Sie wird rot, wenn ich über ihre Pussy spreche, aber es gefällt ihr. Ich weiß ganz genau, daß *Pussy* nicht feministisch ist, aber *ich liebe deine Vagina* hat einfach nicht den richtigen Klang. Pussy hat Zischlaute wie Sex, wenn du endlich genug kriegst oder genug kriegen könntest, müßtest du nicht schlafen, nachdem du es 25 Jahre lang versucht hast. Und wenige Male genug bekommen hast, aber mit anderen Unverträglichkeiten, die sich bald verschlechterten und Abschied bedeuteten.

Habe ich endlich herausgefunden, was ich mit einer Frau will & mag ich mich endlich genug, um dafür zu sorgen, daß ich's bekomme?

Seit wir uns kennenlernten, haben wir uns noch nicht gestritten, was wir beide sehr merkwürdig finden, als Veteraninnen langer & kurzer Beziehungen, in denen wir immer zumindest drei Dinge falsch machten & meistens mehr; als Veteraninnen von Frauen, die unsere charakterlichen Schwächen völlig untragbar fanden, aber trotzdem mit uns ins Bett gehen wollten, wahrscheinlich damit sie uns weiterhin erzählen konnten, wie sauer sie auf uns wegen x oder y waren. Während der Reise witzelten wir über die Dinge, über die wir uns streiten würden, aber wir schafften es nie, uns über irgendwas zu ärgern. Ich bin es gewohnt, etwa in der ersten oder zweiten Woche meiner 4- oder 5- oder 8jährigen Liaisons ein häßliches Gefecht auszutragen. Es ist wichtig, daß wir beide nicht trinken. Sie ist Freundinnen gewöhnt, die finden, daß sie nicht emotional genug ist oder zu emotional, oder die denken, daß sie zu viel Zeit gemeinsam verbringen will oder zu viel Abstand braucht. Ich bringe sie zum Lachen, und das ist gut, weil sie sehr ernst ist. Sie genießt tatsächlich meine Gegenwart & schätzt mich, nach Jahren voller Angst, Groll, Neid, Wut ist das Balsam für die Seele. Eigentlich sollte sie auf Arbeitssuche sein, und ich sollte an einem Theaterstück und einem Roman schreiben. Statt dessen fuhren wir hierher, um Tage in inneren & äußeren Gewässern zu verbringen. Die sexy Nachthemden, die ich mitbrachte, packte ich nie aus. Wir waren so viel im Bett, daß ich überhaupt keine Klamotten hätte mitbringen brauchen. Jeden Abend nahmen wir uns vor, uns anzuziehen und uns im Restaurant nur zwei Türen weiter ein schickes romantisches Essen zu gönnen, aber wir schafften es nie. Eines Abends kaufte sie dort Nachtisch & brachte ihn in unser Bett voller Krümmel & nasser Flecken. Einmal schleppten wir uns um die Mittagszeit zum Frühstück, und da wir versäumt hatten zu duschen, mußten wir während des Essens ständig kichern, wenn wir Gabeln zu Mündern führten und uns rochen.

Sie ist pummelig, rund, hat Brustwarzen, die es lieben, gesaugt zu werden. Sie hat dunkle, glühende Augen, die mich beruhigen & still halten. Sie ist dunkelhaarig. Silberne Spinnenseide webt ihre Jahre, dunkle Haare auf dem Bauch wirbeln nach unten, ihre göttliche Gier. Mir wird in ihrem Geruch taumelig, Wind, Seetang, ihre Zärtlichkeit, ihre Butchheit, die Art wie sie sich über mich beugt, ihre

Arme wie Mauern, die die laute, wirre Welt ausschließen & mich überzeugen, daß Fleisch süß auf Fleisch das einzige ist, das mir etwas bedeutet. Ihre Stimme ist tief, dunkel, wenn sie harte Worte sagt, zittrige Worte, Worte, die die Möse sich zusammenziehen lassen, hungrige Worte, die mich schmecken, wie ich sie schmecke.

Ihr Mund suchte nach mir, knabberte an meinem Nacken, ihr Bauch gegen meinen Hintern gedrückt, während ich lächelnd die Pfannkuchen wendete. Die nächste Runde brannte an. Meine Hand auf ihrem Arsch spielt an ihrer Ritze, sie grunzt, meine Zunge sucht diesen Magenta-Punkt, wo es dann ahhh ohhh mh hmm macht.

Ihre Schenkel gegen meine Ohren klatschend, strecke ich mich nach ihrem Kopf, um zu verhindern, daß sie über den Rand kippt. Ich bin naß bis zu den Knien, nehme sie, bis ich außer mir vor Verlangen bin. Sie denkt, sie will aufhören *Nein baby* sage ich *Gib mir noch ein bißchen mehr, ich fühle es in dir* & sie tut es, übertönt mit ihrem Schrei die schwachklingende Motown-Kassette.

Ich rieche meine Hände, jetzt da sie gerade weg ist, atme das Licht, das ich berührte Ziehe sie wieder in mich hinein, dränge wieder in sie, mein Herz ein Wirbeln Meine Augen weben unsere Namen Ihre Haut, die mir entgegenkommt, sich nicht zurückzieht & die rastlosen Stunden, bevor ich sie wieder in meinen Händen habe ihr Hemd ausziehend bewegen sich meine Zähne mit kleinen Bissen ihren Nacken entlang meine Zunge in ihrem Ohr, als sie erschaudert, sich halb losreißt, weil es sich zu gut anfühlt

& die rastlosen Stunden, bevor ich sie wieder in meinen Armen habe, Stunden & Stunden, 21 lange Stunden, die sich hinziehen, bevor meine Finger warm in ihr drin sind, wo all die Farben des Lebens tanzen, wo sie mich so fest umschließt, daß meine Hände sich verkrampfen, es ist mir egal & ich mache weiter, greife in sie hinein, stoße im Takt unserer Freudenschreie, feuchtes Schimmern ihrer Lippen, zärtliche Ströme tosen

An den Abenden gingen wir bei Ebbe spazieren, unsere Augen auf der Suche nach Achaten, von denen wir viele fanden.

LEAF BEHIND MY EAR

pale pink rosebuds near my arms
light catches refracts a glitter of dawn
Nakai's flute prays beside our pile of warm quilts
our legs entwined
A question a woman asked me once
floats upward in my fingers
How do you have hope to go on?
Poplar leaves brought from italy years ago shimmer dance
surrounding our lazy morning
the quiet pine sways with wispy needles
I can't answer that question I've carried with me
except to say *I'm alive* *I'm loved*
there's work to do

November 7, 1990

BLATT HINTER MEINEM OHR

zartrosa Rosenknospen bei meinen Armen
Licht fängt sich, bricht einen Funken der Morgenröte
Nakais* Flöte betet neben unserem Haufen warmer Steppdecken
unsere Beine ineinandergeschlungen
Eine Frage, die mir eine Frau einmal stellte
steigt zwischen meinen Fingern auf
Woher nehmt ihr die Hoffnung weiterzumachen?
Pappelblätter, vor Jahren aus italien mitgebracht, schimmern tanzen
umgeben unseren faulen Morgen
die stille Kiefer wiegt sich mit feinen Nadeln
ich kann diese Frage nicht beantworten, die ich bei mir getragen habe
außer zu sagen *Ich lebe* *Ich werde geliebt*
es gibt viel zu tun

7. November 1990

---

* Carlos Nakai, indigener Musiker.

mein Bedürfnis, von anderen geliebt zu werden, das mich daran hindert zu lernen, mich selbst zu lieben   Wenn es nicht dies war dann jenes, für meine Mutter war ich kein freudiges Geschenk, sondern eine beängstigende Last   So wie es alle Säuglinge tun, versuchte ich zu überleben, ihre Zuneigung & Bestätigung zu gewinnen Ich verlor

Nun fiebere ich nach der Zuneigung der anderen, bin unfähig, mein denkendes Ich einzuschalten   Wie besessen sehne ich mich danach, daß alle mich mögen, selbst wenn ich sie nicht mag   Ich verschlinge sie in der obzönen Parodie einer Beziehung   Weil ich so vielen Herren diene, sind meine Handlungen willkürlich, unklar, unsensibel, oft grausam   Meine Furcht, die ich von meiner Mutter erbte (die sie ihrerseits von ihrer Mutter geerbt hatte), läßt mich bedürftig sein, unzuverlässig, soviel von mir selbst weggebend, daß ich den Wind durch meinen Bauch wehen spüre   Ich werde ärgerlich, weil es nie genug Bestätigung geben kann, ich bin nie zufrieden Niemand kann mich so lieben, wie ich es von meiner Mutter gebraucht hätte   Diese Verletzung wird immer größer, frißt mich auf, bestimmt mich, während die Jahre davoneilen

Abwechselnd hasse ich ihre leeren Hände und bemitleide sie dafür Ich habe mich stark genug gemacht, um uns anzuschauen – aber ich kann ihr meine Kraft nicht geben   Meine Mutter will mich dazu bringen, zu beweisen, daß ich *sie* liebe   als Buße für die Kälte meiner Großmutter, die Grausamkeit meines Vaters, weil ich die Älteste bin, soll ich mich um sie kümmern, es ist meine Pflicht   Sie ist in ihrer Not erstarrt, kann es nicht zugeben   Kann nicht darüber nachdenken, wie sie selbst ihr Leben ändern könnte, um diese Bedürfnisse zu befriedigen   Sie fängt an, meine Stärke & meinen Einblick in unsere Situation zu begreifen, also klammert sie sich an mich, fordert genau dann emotional umsorgt & bestätigt zu werden, wenn ich am meisten Wut darüber empfinde, wie sie mich vernachlässigt hat   Hört ihr das Jammern in dem Wort »vernachlässigt«, wie es mich beschämt & mich dazu bringt, mich auslöschen zu wollen?   Als diejenige mit der größeren Fähigkeit, in emotionalen Dingen ehrlich zu sein, schulde ich's ihr, sanft, liebend, vergebend zu sein   Aber wo soll meine Wut hin?   Die, die sie für ihre Mutter empfindet, hat sie vergraben   Als ich ein hilfloses Kind war (ist das eine Doppelung?), reagierte sie ihre Wut an mir ab, mit ständigen emotionalen & physischen Schlägen   Diesen Aspekt unserer Geschichte hat sie jetzt ausgeblendet   Ich bin grausam geworden, weil ich Abstand von ihr will, mich nicht um sie kümmern will (während ich deshalb Berge von Schuldgefühlen bekämpfe)   Kann ich ihr erlauben, unsere Geschichte auszublenden?   Sie hat es bitter nötig, daß ich so tue, als wäre sie eine gute Mutter gewesen   Ich habe ihre Bestätigung bitter nötig, daß meine Kindheit aus einem schmerzhaften Chaos aus Schlägen & ihrer emotionalen Abwesenheit bestand   Von einem feministischen Standpunkt aus verstehe ich, warum sie sich so verhielt (Armut, die Gleichgültigkeit meines Vaters, ihre eigene panische Angst), aber ich kann ihr nicht verzeihen, solange sie meine Realität weiterhin leugnet

Manchmal denke ich, daß sie nur noch einen einzigen emotionalen Kniff auf Lager hat, nämlich den, zu sterben   Ich weiß, daß ich dann untröstlich sein werde   All die Trauer wird mich überschwemmen, weil ich mich dann endlich sicher genug fühlen werde, um sie zuzulassen   Sie wird nicht da sein, um sie zu leugnen, zu verspotten, zu verharmlosen   Der ganze gequälte Knoten unserer Beziehung wird sich auflösen

Ich muß mich diesem Abgrund stellen   Sie hat mich nie gekannt, weil sie sich selbst nicht kennt   Ich bin eine Ausgeburt ihrer sentimentalen Schuldgefühle   Mit Leidenschaft erklärt sie mir jetzt ihre Liebe (was sie nie tat, als ich ein Kind oder eine junge Erwachsene war), das kommt 40 Jahre zu spät, ist nicht einmal Liebe Sondern Verzweiflung   Sie will, daß ich sie tröste, bevor sie stirbt Der Ausblendung beipflichte   Sie dafür liebe, daß sie mich ausblenden wollte

Mein Lesbisch-Sein ist eine unangenehme Anomalie, die nicht

erwähnt wird   Sie »liebt mich trotzdem«   Sie will keine ehrlichen Antworten, wenn sie nach meinem Leben fragt (damit ich nach ihrem frage, der eigentliche Grund ihres Anrufs)   Sie will die Sprechpuppe, die quäkt *Mir geht es gut Mom. Wie geht es Dir. Ich liebe Dich. Du bist die beste Mom aller Zeiten*   Ich wünschte, sie würden so etwas herstellen   Ich würde sie zu Familientreffen in Flugzeugen hin & her schicken – genauso angezogen, wie sie mich gerne angezogen sähe   Wir wären beide glücklicher   Ein Spaziergang allein am Strand in einem Sturm ist tröstlicher als jede Interaktion zwischen meiner Mutter & mir   Wenigstens fragt sie mich nicht mehr nach dem Heiraten   Wahrscheinlich, weil sie die Enkelkinder, die sie bereits hat, eigentlich nicht mag, obwohl sie es leugnen würde, wie alles andere auch   Sie sind laut, sie machen Sachen kaputt, sie sind unordentlich, sie benehmen sich nicht, sie machen sie fertig   Nichts hat sich geändert

Ich verängstige meine Mutter   Ich bin das grausame, mysteriöse, unzuverlässige Kind   Ich war jahrelang in Therapie & Klapsmühlen, weil ich das Problem war   Als ich 750 Meilen weit weg zog, begann ich heil zu werden   Ich habe meinen Heilungsprozeß vor ihr versteckt, weil ich vermutete, sie würde versuchen, ihn kaputtzumachen   Nicht aus Boshaftigkeit   Sondern, weil sie mich dann nicht mehr im Griff hätte

Mit der Weigerung, mich emotional um meine Mutter zu kümmern – *bewußt*, nicht einfach mit meinen alten Vermeidungstricks –, beginne ich andere unmäßige Forderungen an mich abzuwehren   Alle wollen die gute Mutter, die sie nicht hatten, weil die eigene Mutter mit einem Stiefel im Geknick versuchen mußte, ein Mensch zu sein   Ich war die gute Mutter für meine Liebhaberinnen, um Liebe zu bekommen   Ich will das Kind sein, das ich verleugnen mußte   Damit ich endlich erwachsen werden kann   Ich will mir ein Selbst schaffen, so wie ich endlos Liebesaffären geschaffen habe   Ich will mir selbst Aufmerksamkeit schenken   Ich verstehe, daß das »kindisch, infantil« ist   Aber wenn ich mir dies nicht gestatte, werde ich verdeckt & unverantwortlich kindlich bleiben   Wie meine Mutter   Meine erste Priorität muß meine eigene Heilung sein

Sonst werden all meine Beziehungsversuche zum Scheitern verurteilt sein

Ich gehe ihren Anrufen wieder aus dem Weg   Ich habe ihnen kein Geschenk zum Hochzeitstag oder extravagante Blumen geschickt (wie früher), nicht mal eine Karte   Ich habe sie immer beschwichtigt, bin ihr mein Leben lang in den Arsch gekrochen   Ich dachte, ich müßte sonst sterben   Ich habe panische Angst, wenn ich jetzt versuche, mich ihr zu entziehen   Seht ihr denn nicht, daß der Himmel herunterfällt

Ich liebe sie nicht   Ich mag sie nicht einmal   Ich bemitleide ihr Elend   Ich hasse mich, weil ich sie nicht liebe   Ich sollte Plateauschuhe tragen, um drüberstehen zu können   Ich will meinen Weg finden zu Liebe & Arbeit & Gleichgewicht & Vergebung & ich will nicht anhalten, um ihr zu zeigen, wie das geht   Sie will es sowieso nicht wissen, sonst wären wir nicht in dieser Klemme   Sie strebt danach, eine rosa Wolke zu finden, die endlich die Lösung bringt   Ich will sie sich selbst überlassen   So verhält sich keine Tochter

DEATH TAKES

you from my eyes like falling thousands of feet to rocks below
or a barred window facing a concrete wall
Takes you from my eyes though not my heart
where you murmur in odd moments until that beast
grief bites down hard   I'm breathless nose running
As I eat crab   I'm eating for you
As I write you're on the couch with your feet up
an eyebrow raised to make sure   I get it right
Your hands were inside me you pulse through my veins now
reaching to stir garlic butter I know
that love weaves continuous after breathing stops
past hospital beds   other lovers
the rage we broke against each other's bodies
Death is a cruel knife without respite
if I could believe your soul continues in more
than these memories in my arms
consolation might soothe this ache   As it is
I don't know what death means
accept that plainly
Taken from my ears
your rich laughter is a morning web I brush past
Gone   from my air   my plate is empty
though here in my heart you're safe from america at last
beating your drum on fire

for Pat

DER TOD NIMMT

dich aus meinen Augen so wie tausende Meter in die Tiefe
auf Steine zu fallen
oder wie ein vergittertes Fenster direkt vor einer Betonwand
Nimmt dich aus meinen Augen aber nicht aus meinem Herzen
da wo du in merkwürdigen Augenblicken flüsterst
bis diese Bestie
Trauer fest zubeißt   Ich bin atemlos meine Nase läuft
Während ich Krabben esse   esse ich für dich
Während ich schreibe hast du auf der Couch die Füße hochgelegt
eine Augenbraue hochgezogen um sicherzugehen
daß ich's auch richtig mache
Deine Hände waren in mir du pulsierst jetzt durch meine Adern
strecke die Hand aus um Knoblauchbutter zu rühren und weiß
daß die Liebe weiterwebt wenn der Atem aufhört
über Krankenhausbetten hinaus   andere Liebhaberinnen
die Wut die wir gegenseitig an unseren Körpern zerschmetterten
Der Tod ist ein grausames Messer das nicht nachgibt
wenn ich glauben könnte daß deine Seele nicht nur in
diesen Erinnerungen in meinen Armen weiterlebt
könnte Trost diesen Schmerz vielleicht lindern   So wie es ist
weiß ich nicht was der Tod bedeutet
akzeptiere das einfach
Von meinen Ohren genommen
ist dein volles Lachen ein morgendliches Spinnennetz
an dem ich vorbeistreife
Fort   von meiner Luft   mein Teller ist leer
obwohl du hier in meinem Herzen endlich vor amerika sicher bist
schlägst deine Trommel bis sie Feuer fängt

Für Pat

Not Vanishing

CRAZY GRANDPA WHISPERS

tells me: take a pick ax to new car row   hack & clear the land
plant Hopi corn down to the sea
tells me: break open that zoo buffalo corral
chase them snorting through the streets
tells me: put up tipis in every vacant lot
shelter the poor without rent
tells me: steal those dogs the pound suffocates
cook them for Lakota stew
feed the hungry without words
Crazy grandpa supposed to be dead   They locked him up
He withered   Not dead I feel him shrivel against my backbone
when I see anybody behind bars
Grandpa tells me: take back these cities
live as your ancestors   Sew up the mouths of the enemy
with their damn beads
Grandpa I hear you through walls of my skin
Grandpa if I obey you they'll lock me up again
like they did you
Grandpa it's such a fine
fine line
between my instincts & their sanity laws
I've no time to sew moccasins
Grandpa I'm still learning how to walk in this world
without getting caught

VERRÜCKTER OPA FLÜSTERT

sagt mir: nimm eine Spitzhacke zur Autohändler-Meile
hacke & rode das Land
pflanze Hopi-Mais bis zum Meer
sagt mir: brich dieses Büffelgehege im Zoo auf
jage sie schnaubend durch die Straßen
sagt mir: stell Tipis auf jedem leerstehenden Grundstück auf
gib den Armen Zuflucht ohne Miete
sagt mir: stiehl diese Hunde, die im städtischen Zwinger ersticken
koche sie, mache aus ihnen Lakota-Eintopf
speise die Hungernden ohne Worte
Verrückter Opa sollte tot sein   Sie sperrten ihn ein
Er verkümmerte   Nicht tot, fühle ich, wie er gegen mein Rückgrat
verschrumpelt
wann immer ich jemanden hinter Gittern sehe
Opa sagt mir: nimm diese Städte zurück
lebe wie deine Ahnen   Nähe die Münder unserer Feinde
mit ihren verdammten Perlen zu
Opa, ich höre dich durch die Wände meiner Haut
Opa, wenn ich dir gehorche, werden sie mich wieder einsperren
so wie sie es mit dir taten
Opa, es besteht eine ganz feine
feine Trennung
zwischen meinen Instinkten & ihren Gesetzen für
geistige Gesundheit
Ich habe keine Zeit, Mokassins zu nähen
Opa, ich versuche immer noch das Laufen in dieser
Welt zu lernen
ohne erwischt zu werden

YOU CAN'T GET GOOD HELP THESE DAZE

Hey   Hey   Mrs. Robinson I'm keeping
you toenails & hair
I've got plans for you
as I scrub your French Blue bathroom floor hands & knees
stinking of Parson's sudsy ammonia   empty your wastebaskets
Iron your daughter's overalls & t-shirts
Polish your silver trays   tea sets   compotes   spoons
& furniture   Listen   I want a trust fund too
I'm as intimate as your daughter   don't I know
your husband's pubic hair   his piss outside the bowl
Mrs. Robinson I'm as close
to you as anybody gets to anyone else
Ironing your hand-embroidered cherry sprig slips
amber linen breakfast napkins   emptying pink tampon tubes
Mrs. Robinson I know   about you   Your whole life
sits in green flowered easy chairs I dust
I have an interest   in some
of the money you've got in yellow page bank books
I plan to get more out of you   than $21.50 a week
Mrs. Robinson I'm already amusing myself
studying your schedule   figuring the locks   watching
for burglar alarm wires as I vacuum so intently your doe
velvet carpets   I don't want your little trinkets
things you're afraid I might steal   No   you can trust me
you're glad   feel safe
I've no desire to take your collections home
where I'd still   be polishing them   Mrs. Robinson
I'm scheming   busy with your toenails   making
plans for you   & for me   I think
I'll be willing to settle
for 300 thousand

HEUTZUTAGE IST KEIN ANSTÄNDIGES PERSONAL ZU BEKOMMEN

Hey   Hey   Mrs. Robinson, ich bewahre
Ihre Fußnägel & Haare auf
Ich habe Pläne für Sie
während ich Ihren Badezimmerboden in Bleu schrubbe, meine
Hände & Knie
nach schäumendem Ammoniak von Parsons stinkend
Ihre Papierkörbe leere
die Latzhosen & Hemden Ihrer Tochter bügle
Ihre Silbertabletts   Teeservice   Kompottschalen   Löffel
& Möbel poliere   Hören Sie   ich will auch einen Sparvertrag
Ich stehe Ihnen genauso nah wie Ihre Tochter   kenne ich denn nicht
die Schamhaare Ihres Mannes   seine Pisse neben der Schüssel
Mrs. Robinson, ich stehe Ihnen so nah
wie Menschen sich nah stehen können
ich bügle Ihre mit Blütenzweigen bestickten Unterröcke
Ihre bernsteinfarbenen Leinenservietten   leere die rosa
Tamponschieber aus
Mrs. Robinson, ich weiß   über Sie Bescheid   Ihr ganzes Leben
sitzt in den grünen Sesseln mit Blumenmustern, die ich abstaube
Ich interessiere mich   für einen Teil
des Geldes, das Sie in gelbseitigen Sparbüchern haben
Ich habe vor, mehr aus Ihnen herauszukriegen   als $21.50 die Woche
Mrs. Robinson, ich amüsiere mich jetzt schon damit, Ihren
Terminkalender durchzugehen
die Kombinationen der Schlösser herauszubekommen
auf die Kabel der Alarmanlage zu achten, während ich
ach so sorgsam Ihre Samtteppiche
staubsauge   Ich will Ihren Krimskrams nicht
die Dinge, die ich stehlen könnte, wie Sie fürchten   Nein
Sie können mir vertrauen   Sie sind froh   fühlen sich sicher
Ich habe keinerlei Interesse daran, Ihre Sammlungen mit
nach Hause zu nehmen, wo ich sie immer noch   polieren müßte
Mrs. Robinson
Ich schmiede Pläne   bin mit Ihren Fußnägeln beschäftigt

habe was
mit Ihnen vor   & mit mir   Ich denke
ich würde mich
mit 300 tausend zufrieden geben

I WALK IN THE HISTORY OF MY PEOPLE

There are women locked in my joints
  for refusing to speak to the police
My red blood full of those
  arrested   in flight   shot
My tendons stretched brittle with anger
  do not look like white roots of peace
In my marrow are hungry faces
  who live on land the whites don't want
In my marrow women who walk 5 miles every day for water
In my marrow the swollen hands of my people who are not allowed
  to hunt
  to move
  to be
In the scars of my knees you can see
  children torn from their families
  bludgeoned into government schools
You can see through the pins in my bones
  that we are prisoners of a long war
My knee is so badly wounded no one will look at it
The pus of the past oozes from every pore
This infection has gone on for at least 300 years
  Our sacred beliefs have been made into pencils
  names of cities   gas stations
My knee is wounded so badly that I limp constantly
  Anger is my crutch   I hold myself upright with it
      My knee is wounded
        see
          How I Am Still Walking

ICH GEHE IN DER GESCHICHTE MEINES VOLKES

In meinen Gelenken* sitzen Frauen
  weil sie sich weigerten, mit der Polizei zu sprechen
Mein rotes Blut voll mit denen, die
  verhaftet   auf der Flucht   erschossen wurden
Meine Bänder zum Zerreißen gespannt vor Wut
  sehen nicht aus wie die weißen Wurzeln des Friedens**
In meinem Knochenmark sind die hungrigen Gesichter
  derer, die auf dem Land leben, das die Weißen nicht wollen
In meinem Mark Frauen, die täglich 5 Meilen für Wasser laufen
In meinem Mark die geschwollenen Hände meines Volkes
dem es nicht erlaubt ist
  zu jagen
  zu wandern
  zu sein
In den Narben auf meinen Knien kannst du
  Kinder sehen, die ihren Familien entrissen
  in staatliche Schulen geknüppelt werden
Du kannst an den Nägeln in meinen Knochen sehen
  daß wir Gefangene eines langen Krieges sind
Mein Knie ist so verwundet***, daß niemand hinsehen will
Der Eiter der Vergangenheit quillt aus jeder Pore
Diese Infektion hält nun schon mindestens 300 Jahre an
  Unsere heiligen Glaubenssätze wurden zu Bleistiften gemacht
  zu Städtenamen   Tankstellen
Mein Knie ist so wund, daß ich ständig hinke
  Wut ist meine Krücke   an ihr halte ich mich aufrecht
      Mein Knie ist verletzt
        seht
          Wie Ich Noch Immer Gehe

---

* Übersetzung von »joint«, was im Slang aber auch Knast bedeutet.

** Chrystos spielt auf den Baum des Friedens in der Geschichte der Irokesen an.

*** Anspielung auf den Ort Wounded Knee, wo 1873 ein Massaker stattfand. 1973 wurde er monatelang von der indigenen Widerstandsbewegung AIM besetzt.

Ihr Büro blau genug, um dich zu brechen   Vorwürfe in
ihren indigofarbenen Sofakissen aus Samt   ihre grobe
königsblaue Couch aus Sackleinen   ihre Teppiche aus
echtem Tweed auf denen mein Verstand sich stundenlang wie
eine Angelschnur abspulte ohne jemals etwas zu fangen
Sie kaufte Bilder von verwischten   Blumen, die sich in
einem feinen Rauch von Verletzungen auflösten   Meine
wollte sie nicht aufhängen, die verschämt in ihrer Garderobe
lehnten   Unschuldig taubenblaue Wände verdichten sich
an einem schieferblauen Schreibtisch aus Metall   voller
alphabetisch geordneter Akten mit unseren Alpträumen
ihr zweites Paar Strümpfe & ihr pingeliger Briefkopf
Crane's bester Stoff   zartblaues Mattglanzpapier mit
dunkelblauer Prägung   Diese Fenster sahen auf die Bucht,
wo wir am rauhen Hafen auf meinen Vater gewartet hatten
wenn er fort ging   wieder fort ging   fort ging
Woanders winkten wir ihm mit einer weißen Tischdecke zu,
über scharfe Brückengeländer hinweg   sein dunkler
Ameisenkörper weit unten auf Deck   unter uns vorbei-
ziehend   der Wind peitschte durch meinen Mantel, meine
Knie blaugefroren   Ich starrte aus ihren Spiegeln   mein
Vater schwamm auf jedem Schiff   wenn er sich die
Beschwerden der Offiziere in weißem Segeltuch anhörte
mit goldenenen Schlangenkordeln   Sie wollte, daß ich das
nachspielte, was ich nicht fühlen konnte   gab mir Fisher-
Price-Puppen, damit ich ihr zeigte, wie es war, als mir mein
Onkel meinen Schlafanzug auszog, um aus mir mit 12 eine
richtige Frau zu machen   Ich erklärte meine Mutter
Stunden ihrer Stimme, die sich in meiner wiederholte,
während das babyblaue   Telefon still um Hilfe blinkte
Dr. A sagte, es spiele keine Rolle, daß ich Indianerin sei
Sagte, ich habe eine Charakterpsychose   Dr. A hatte sich
die Nase schmaler schnitzen lassen   ihren Familiennamen
geändert   war in die Unity Church eingetreten   trug

blaue Kontaktlinsen färbte sich die Haare, so blond es nur ging leugnete vorsichtig ihren jüdischen Vater Meine Visionen versicherte sie mir seien Teil meiner Krankheit ein Tunnel, den meine Augen nicht erleuchten könnten So sehr damit beschäftigt, nicht die zu sein als die sie geboren wurde wie konnte sie mich sehen während ihre verzweifelt blaugrünen Gardinen ihre strengen Falten einhielten Sie hörte zu auf ihrem preußisch-blauen Samtsessel nach vorne gebeugt um mit ihren Augen die Rose zu verschlingen, die ich in strahlender Vielfarbigkeit auf ihrer Ausgangstür glänzen sah Meine Wangen kalt vor Verwirrung, rührte ich nichts an Der Staat schickte ihr Formulare mit dreifachem Durchschlag, weiß, rosa & blau die mich auf ihre Kosten heilten Sie sagte, ich lebte so als hätte ich keine Haut mein bluterkrankes Herz wartete, wenn sie sich mit der verheulten Patientin vor mir verspätete Schauderte ihre Tür öffnete sich sie lehnte sich mit einem Lächeln heraus *Kommen Sie Doch Herein* Blaue Glücksvögel kreisten in ihren Zähnen mein Magen leer ihre Stimme gurrte *Wie Geht Es Uns Denn Heute* eine Beziehung implizierend, die ich nicht schluckte Ihr Mitleid wie billiges Parfum in einem überfüllten Aufzug Ich hatte keinen Platz für ihre Erklärungen meiner Überdosierungen Medikamente, die sie bestellte, die mich in Passivität einkochten Ihr dünner, nicht gegossener Philodendron, dessen braune, würgenden Wurzeln mein Leben rückgängig machten mich wie ein Patiencespiel ausbreiteten, mit einem Geschmack von Antiseptikum Stöhnen durch ihre schwarze ledergepolsterte Tür Das Klirren metallener Instrumente im Sterilisator des Büros nebenan Mein Atem hielt gegen die klickende Zeit an zielloser Spott ihrer türkisfarbenen Uhr ich erzählte ihr nicht, was das Problem war daß ich nicht leben würde wenn ich ein chronisch undifferenziertes, schizophrenes Ding wäre meine Haut vom Glauben abfallend Ihr Zimmer trieb ab Ihre Stimme zog mich

durch azurblaue Wände   Ich war offen für Sterne &
Kojotengeheul   Sie schlug vor, daß ich in die Tagesklinik
ginge   wo wir mit Tüchern im Kreis tanzten, um wie
Planeten zu sein, die um die Sonne kreisen   oder Holz-
perlen mit stumpfen Ahlen aufzogen   oder Pappbecher
voller gelber & blauer Pillen entgegennahmen, am Ende
von langen, stillen Schlangen   Sie ließ mich einweisen
in den Zeiten, wo ich   für sie   keinen Sinn ergab
gefährliches Rätsel   Ich war so still & so   laut
Kadettenblau   sie hatte keinen Geruch   mein Hals
so trocken wie Narkotika, konnte ich ihr Gesicht nicht
schlucken   ich war mit Säure in einen roten Himmel
geätzt   Sie war nirgends in Sicht   als sie sprach
sagte, daß sie mir
    helfen wolle

Sheila Gilhooly zu Ehren

FOR SHAROL GRAVES

Deep breath   Inhale the drums   Feet begin
We sway in fringed shawls
sparkling beadwork   deerskin leggings
to the voice of the South drum singing
gently tin cones tingle   Whispers of women
as we wheel around the sun
wearing jewel-colored velvet skirts
moccasins only for dancing
holding eagle feather fans   family blankets
Beyond us   the men leap & prance shaking bells
their roaches bob
We're a circle apart
within
First time you and I have danced together
In the distance
big silver cans steam with stew
drunks reel
children eat fry bread dripping with honey & butter
Our feet pass over the earth with soft thuds
Your otter fur braids swish
You've worked all year
on the Thunderbird belt & ribbonwork skirt
for this day
You beauty echoes
beyond drums
Holds me
here now in my kitchen as I remember
dancing with you washed in light
Our spirits whirl
Step into
the still center
of a friendship drum

FÜR SHAROL GRAVES

Tiefer Atemzug   Die Trommel einatmen   Füße beginnen
Wir wiegen uns in Fransentüchern
glitzernde Perlenarbeit   Leggings aus Rehleder
zur Stimme der singenden Süd-Trommel
kleine Blechzapfen klirren sanft*   Flüstern von Frauen
während wir um die Sonne kreisen
in edelsteinfarbenen Samtröcken
Mokassins nur fürs Tanzen
Adlerfederfächer haltend   Familiendecken
Weiter weg   springen die Männer & tänzeln, Glöckchen bimmelnd
ihr Kopfschmuck wippt
Wir sind ein eigener Kreis
darin
Das erste Mal, das du und ich zusammen tanzten
In der Ferne
dampfen große silberne Töpfe mit Eintopf
Betrunkene torkeln
Kinder essen Pfannenbrot mit Honig & Butter triefend
Unsere Füße gleiten über die Erde leise stampfend
Deine Otterfellzöpfe zischen
Du hast das ganze Jahr
an dem Donnervogelgürtel & dem Rock aus Bändern
gearbeitet für diesen Tag
Deine Schönheit übertönt
die Trommeln
Hält mich
hier und jetzt in meiner Küche fest während ich mich erinnere
wie ich in Licht getaucht mit dir tanzte
Unsere Seelen wirbeln herum
Treten hinein in
das stille Zentrum
der Freundschaftstrommel

---

* Auf die Kleidung der Jingle-Dancers sind überall kleine Blechzapfen genäht, die bei ihren Bewegungen klirren.

MEDITATION FOR GLORIA ANZALDÚA

On my forehead a bird in flight
going places I can't see
feathered in light my whole body aches
& pulls following a tide
Moon has become my lover
lulls me with phosphorescent hands
Her hair tangles mine like roots
As far as my heart reaches   water breathes   silver fish
swimming in my fingers to food of colors
Each stone in my shoe a reminder that I've so little time
beauty is
so vast I've so much more to get away with
before there is no more
with a hunger like fat red buds on brambles etched in frost
hunger like winter mallards combing breakers for life hunger
that burns me   infernos   hungry for early spring waiting
in earth   hungry for a shape I alone can make
Wanting to blend water & fire
Paint a deeper surface where
we surge
I want to take our breath away
like this eagle diving for a shrew
I want to go where all
the wings are

MEDITATION FÜR GLORIA ANZALDÚA

Auf meiner Stirn ein Vogel im Flug
an Orte, die ich nicht sehen kann
in Licht gefiedert, mein ganzer Körper schmerzt
& zieht den Gezeiten folgend
Die Mondin ist meine Liebhaberin geworden
lullt mich mit phosphorisierenden Händen ein
Ihr Haar verheddert meins wie Wurzeln
So weit wie mein Herz reicht   Wasser atmet   silberne Fische
schwimmen in meinen Fingern zur Nahrung von Farben
Jeder Stein in meinem Schuh eine Erinnerung, daß ich so wenig
Zeit habe
Schönheit ist
so groß Es gibt noch so vieles, was ich mir erlauben will
bevor es nichts mehr gibt
mit einem Hunger wie dicke rote Knospen auf Dornenzweigen
in Rauhreif gemeißelt
Hunger wie Stockenten im Winter, die die Brecher
nach Lebendigem absuchen   Hunger
der mich verbrennt   Infernos   hungrig auf einen frühen Frühling
wartend
in der Erde   hungrig nach einer Form, die nur ich machen kann
Der Wunsch, Wasser & Feuer zu vermischen
Eine tiefere Oberfläche zu malen aus der
wir aufbrechen
Ich will uns den Atem verschlagen
wie dieser Adler, der nach einer Spitzmaus taucht
Ich will dahin, wo
alle Flügel sind

NO PUBLIC SAFETY

I can't tell you how much
they want to lock her up
She sleeps in their building
It's trespassing
How would you
like to come to work in the morning
have to step over her
See how little
she has, compared to you
Chronic Paranoid Schizophrenic they say
The laws are ambiguous
Can she take care of herself
or not
Obviously not
if she thinks the building for Public Safety
means just that
There are laws against the literal interpretation of words
She has been taken to Western State Hospital
& observed
They say she hallucinates
Join the army
murder a lot of people you don't know
but don't hallucinate
That's crazy
Incompetent to stand trial they say
Would you let her live in your house
sleep on your porch
keep her bags in your garage
pitch a tipi for her on your lawn
What would the neighbors think
Better lock her up
We don't want to look at failure
scares us   isn't safe
They say

KEINE ÖFFENTLICHE SICHERHEIT

Ich kann euch nicht sagen, wie
sehr sie sie einsperren wollen
Sie schläft in ihrem Gebäude
Das ist Hausfriedensbruch
Wie fändet ihr das
morgens zur Arbeit zu kommen
und über sie hinwegsteigen zu müssen
Seht, wie wenig
sie hat, verglichen mit euch
Chronisch paranoide Schizophrenie, sagen sie
Das Gesetz ist zweideutig
Kommt sie allein zurecht
oder nicht
Offenbar nicht
wenn sie glaubt, daß das Gebäude für *Public Safety*
genau das bedeutet: Öffentliche Sicherheit
Es gibt Gesetze gegen die wörtliche Auslegung von Begriffen
Man hat sie ins *Western State Hospital* gebracht
und unter Beobachtung gestellt
Sie sagen, sie halluziniere
Geht zur Armee
ermordet viele unbekannte Menschen
aber halluziniert nicht
Das ist verrückt
Sie sei unfähig, den Prozeß durchzustehen, sagen sie
Würdet ihr sie in eurem Haus leben
auf eurer Veranda schlafen lassen
ihre Tüten in eurer Garage aufbewahren
ein Tipi für sie auf eurem Rasen aufstellen
Was würden die Nachbarn denken
Besser, sie einzusperren
Wir wollen kein Versagen sehen
das erschreckt uns   ist nicht sicher
Sie sagen

for her to sleep alone in that building
why anything could happen to her
Let's keep the building warm & lit all night
even after the janitors go home
We like to take better care of
our papers, file cabinets, metal desks
plastic chairs, potted plants, posters of trees in Yosemite
than an old woman
Who does she think she is anyway
expecting us to help
to give her safety
Anyone who doesn't take care of themselves
should be locked up
We have lots of places for it
We're all terrified
not of growing old
but of being unable to take care of ourselves
Would you rather sleep in the Public Safety Building
or be locked up on a back ward at Western State Hospital
the food and drugs
regular & terrible
This is her second trial
Keep the lawyers off the streets
They can take care of themselves
with a little help from their wives
who clean, buy groceries, take the suits to the cleaners
change the bedsheets, cook meals, raise the children
& admire
Who admires Anna Mae Peoples besides me
What is shelter?
the judge asks rhetorically
you won't catch HIM
sleeping under bridges or begging
$ 40,230 buys a lot of shelter
a king size bed, hot massage shower
wall to wall carpeting
or probably oriental rugs

wenn sie allein in dem Gebäude schläft
da könnte ihr ja sonstwas passieren
Laßt uns das Gebäude die ganze Nacht warm & beleuchtet halten
auch nachdem die Hausmeister gegangen sind
Wir wollen uns mehr um unsere Papiere kümmern
um unsere Aktenschränke, Metalltische
Plastikstühle, Topfpflanzen, Poster von Bäumen im Yosemite Park
als um eine alte Frau
Für wen hält sie sich eigentlich
von uns Hilfe zu erwarten
ihr Sicherheit zu geben
Jeder, der nicht allein zurecht kommt
sollte weggesperrt werden
Wir haben eine Menge Orte dafür
Wir haben alle schreckliche Angst
nicht vor dem Altwerden
aber davor, uns nicht mehr selbst helfen zu können
Würdet ihr lieber im Gebäude für *Public Safety* schlafen
oder eingesperrt sein im *Western State Hospital*
das Essen und die Psychopharmaka
regelmäßig & schrecklich
Dies ist ihr zweiter Prozeß
Das hält die Anwälte von der Straße
sie können für sich selbst sorgen
mit etwas Hilfe von ihren Ehefrauen
die putzen, Lebensmittel einkaufen, die Anzüge
in die Reinigung bringen
das Bett machen, Essen kochen, die Kinder aufziehen
& bewundern
Wer außer mir bewundert Anna Mae Peoples?
Was bedeutet *Obdach?*
fragt der Richter rhetorisch
Du wirst IHN nicht
unter Brücken schlafend oder bettelnd antreffen
für $ 40.230 kann man sich eine Menge Schutz kaufen
ein Kingsize-Bett, heiße Massageduschen
Auslegeware

A long time ago
Anna Mae Peoples
probably waxed judges' floors
Too old now
her back hurts all the time
the cool floor of the Public Safety Building is all she asks
They want to label her gravely disabled
they think there's a very good chance they'll win
Nowhere in the six column article
is one word
that Anna Mae Peoples has to say

for Anna Mae Peoples

oder wahrscheinlich Perserteppiche
Vor langer Zeit
bohnerte Anna Mae Peoples wahrscheinlich die Fußböden
von Richtern
zu alt jetzt
ihr Rücken tut ständig weh
der kalte Boden im Gebäude für *Public Safety* ist alles, worum
sie bittet
Sie wollen sie als schwerbehindert einstufen
sie glauben, sie haben gute Chancen zu gewinnen
nirgends in dem sechsspaltigen Artikel
steht ein Wort
davon, was Anna Mae Peoples zu sagen hat

Für Anna Mae Peoples

Eine Henne, eine, die mehr Gänse hätte hervorbringen können, ein Weibchen, eine wilde   tot   Erschossen von einem aufgeregten, ignoranten, jungen blonden Knaben, seine erste Seine Mutter warf die Flügel in den Müll   Ich spülte sie ab brachte sie nach Hause, hängte sie breit ausgestreckt an die Wand meines Arbeitszimmers   Eine Erinnerung an so vieles, ich bewahre es auf, weil ich dessen Verschwendung nicht ertragen kann

Flügel

Ich träume von Flügeln, die mich weit über menschliche Bitterkeit tragen   menschliche Mauern   Eine Gans, die keine winzigen, blassen, flatternden Küken mehr haben wird, denen sie Leben schenken kann   Obhut geben   die sie füttern und ihnen beim Fliegen   auf und ab mit neuen Flügeln auf verschiedenen Winden   zusehen kann   Er hat einen Vorgarten, dieser Junge   Ein hübsches Gesicht, das vor kurzem Tausende von Dollar eingebracht hat, weil es in einer Fernsehwerbung auftauchte   Ich putze ihr Haus jeden Mittwochmorgen

2 Hunde, die niemand bürstet   fliegendes Haar überall Ein schwarzes Kaninchen, das fast immer kein   Wasser hat in einem meistens dreckigen Käfig   Ich habe den Käfig ein paarmal geputzt aus Mitgefühl, obwohl das nicht zu den Dingen zählt, die meine Aufgaben genannt werden   Ich sehe nach dem Wasser, sobald ich ankomme   Dieses Kaninchen & diese Hunde sind die Haustiere des Jungen   Er ist sehr faul   Er sieht fern und hinterläßt das Sofa im Wohnzimmer immer übersät mit leeren Tüten, Coladosen, leeren Corn-Flakes-Schüsseln   Wenn ich noch da bin, wenn er nach Hause kommt, ist er frech zu mir   Wenn er seine Freunde dabei hat, macht er sich hinter meinem Rücken über mich lustig   Ich grüble darüber nach, daß er den Wald immer als einen aufregenden Ort zum Töten betrachten wird   Die dreiköpfige Familie wohnt auf einer Farm von 12 Hektar   Sie bauen nichts an

nicht einmal ihr eigenes Gemüse, halten keine Tiere zum Schlachten   Sein Vater ist ein Gehirnchirurg, der sich danach sehnt, Dichter zu sein   Seine Mutter sucht fieberhaft   nach christlicher Erleuchtung   Obwohl ich sie nicht mag   tut sie mir leid   weil ich weiß, daß sie keine finden wird   Der Junge hilf nicht im Haus, ohne dafür bezahlt zu werden   Ich bin 38 & habe noch nicht soviel Geld gespart, wie er auf einem Sparbuch hat, das ich unter den Couchkissen zwischen Kaugummipapieren fand   Diese tote Gans   Dieser Junge wird wahrscheinlich nie verstehen, daß es nicht richtig ist, zu nehmen ohne zu geben   Er weiß nicht was geben heißt   Seine Mutter, die die Gans putzte & zubereitete, sagte, daß sie es nicht gern täte, sie könne aber nicht verstehen, wieso es ihr mit der Gans anders gehen sollte als mit einem Huhn oder einem Hamburger aus dem Supermarkt   Ich beiße mir auf die Zunge & nicke   Ich könnte ihr erklären, daß es einen großen Unterschied gibt zwischen Fleisch, das zum Schlachten aufgezogen, und Fleisch, das aus dem Wald genommen wurde, wo so wenige wilde Wesen überleben   Daß ihre Ahnen für die Leere in diesem Land verantwortlich sind   Daß Vorgärten niemanden ernähren   daß brachliegendes umzäuntes Land eine Sünde ist   Daß hungrige Menschen die Lebensmittel brauchen, die sie darauf anbauen könnten   Daß sich Spiritualität nicht von Nahrung oder Wildheit oder Respekt oder Geben trennen läßt   Aber sie mag mich jetzt schon nicht   weil sie mich verdächtigt, die Gedichtbände ihres Mannes zu lesen, wenn keiner da ist & sie hat recht   Ich tue es   Ich habe die 32 Dollar die Woche nötig, die meine Toleranz mir einbringt   Ich warte darauf, daß die Flügel an meiner Wand mit mir sprechen   meine Bedürfnisse leiten   Ich behalte diese Flügel, weil Wände so hart sind   Wildheit so selten   weil an Ignoranz erinnert werden muß   weil ich weiblich bin   weil ich nur in meinen Träumen fliege   weil auch ich nie die Jungen haben werde, die ich loslassen kann

Für Dian Million

DOUBLE PHOENIX

She speaks burgundy birds
blue gold wings
flowers indolent on her breasts
She moves slowly
her hair curled tightly
hands skimming my thighs
She whispers into my ear
I want you
My vulva shivers clenches
her mouth takes me her
tongue tells long dancing stories
of flight   stars   darkness burst
fingers flicker in my bones
She enters me in the moment
when my blood begs her
hard deep light lifts from my lips
whirls   moves tightly
her mouth shivers
birds appear in my hands
My toes skim stars
I'm wings in the night sky
crying out in her breasts
My hips wet flowers

for Peggy Pullen

DOPPELTER PHÖNIX

Sie spricht burgunder Vogel
blau-goldene Flügel
Blumen träge auf ihren Brüsten
Sie bewegt sich langsam
ihre Haare eng gelockt
Hände streicheln meine Schenkel
Sie flüstert in mein Ohr
Ich will dich
Meine Vulva zittert, zieht sich zusammen
ihr Mund nimmt mich ihre
Zunge erzählt lange tanzende Geschichten
über das Fliegen   Sterne   Dunkelheit explodiert
Finger flackern in meinen Knochen
Sie kommt in mich hinein genau dann
wenn mein Blut sie anfleht
grelles, tiefes Licht hebt sich von meinen Lippen
wirbelt   bewegt sich nah
ihr Mund zittert
Vögel erscheinen in meinen Händen
Meine Zehen streifen Sterne
Ich bin Flügel am Nachthimmel
aufschreiend in ihren Brüsten
Meine Hüfte nasse Blumen

Für Peggy Pullen

I AM NOT YOUR PRINCESS

Sandpaper between two cultures which tear
one another apart I'm not
a means by which you can reach spiritual understanding or even
learn to do beadwork
I'm only willing to tell you how to make fry bread
1 cup flour, spoon of salt, spoon of baking powder
Stir   Add milk or water or beer until it holds together
Slap each piece into rounds   Let rest
Fry in hot grease until golden
This is Indian food
only if you know that Indian is a government word
which has nothing to do with our names for ourselves
I won't chant for you
I admit no spirituality to you
I will not sweat with you or ease your guilt with fine turtle tales
I will not wear dancing clothes to read poetry or
explain hardly anything at all
I don't think your attempts to understand us are going to work so
I'd rather you left us in whatever peace we can still
scramble up   after all you continue to do
If you send me one more damn flyer about how to heal myself
for $ 300 with special feminist counseling
I'll probably set fire to something
If you tell me one more time that I'm wise I'll throw up on you
Look at me
See my confusion   loneliness   fear   worrying about all our
struggles to keep   what little is left for us
Look at my heart   not your fantasies   Please don't ever
again tell me about your Cherokee great-great grandmother
Don't assume I know every other Native Activist
in the world personally   That I even know names of all the tribes
or can pronounce names I've never heard
or that I'm expert at the peyote stitch
If   you ever

ICH BIN NICHT EURE PRINZESSIN

Schmirgelpapier zwischen zwei Kulturen, die
sich zerreiben ich bin
kein Mittel, mit dem ihr spirituelle Verständigung erreichen
oder gar Perlenarbeit erlernen könnt
Ich bin lediglich dazu bereit, euch zu sagen, wie Pfannenbrot
gemacht wird
1 Tasse Mehl, Löffel Salz, Löffel Backpulver
Rühren   Milch oder Wasser oder Bier hinzutun, bis es
zusammenhält
Jedes Stück in runde Teilchen schlagen   Ruhen lassen
In heißem Fett braten, bis sie goldbraun sind
Das ist indianisches Essen
aber nur wenn ihr wißt, daß indianisch ein Regierungswort ist
das nichts mit unseren eigenen Bezeichnungen zu tun hat
Von mir bekommt ihr keine Gesänge
Ich offenbare euch keine Spiritualität
Ich werde nicht mit euch schwitzen oder eure Schuldgefühle
mit schönen Schildkrötenmärchen lindern
Ich werde keine Tanztracht anziehen, um Gedichte zu lesen
oder kaum etwas erklären
Ich glaube nicht, daß eure Versuche uns zu verstehen
funktionieren werden, also
wäre es mir lieber, wenn ihr uns das bißchen Ruhe lassen würdet
das wir noch aufbringen können   nach allem, was ihr weiterhin tut
Wenn ihr mir noch eine verdammte Broschüre schickt, darüber
wie ich mich
für $300 mit besonderer feministischer Therapie heilen kann
werde ich wahrscheinlich irgendetwas in Brand stecken
Wenn ihr mir noch einmal sagt, daß ich weise bin, kotze ich
euch voll
Seht mich an
Seht meine Verwirrung   Einsamkeit   Angst   Sorge
um all unsere
Kämpfe darum   das bißchen, das uns noch bleibt, zu behalten

again tell me
how strong I am
I'll lay down on the ground & moan so you'll see
at last   my human weakness   like your own
I'm not strong   I'm scraped
I'm blessed with life while so many I've known are dead
I have work to do   dishes to wash   a house to clean
There is no magic
See my simple cracked hands which have washed the same things
you wash   See my eyes dark with fear in a house by myself
late at night   See that to pity me or to adore me
are the same
1 cup flour, spoon of salt, spoon of baking powder, liquid to hold
Remember this is only my recipe   There are many others
Let me rest
here
at least

especially for Dee Johnson

Seht mein Herz   nicht eure Phantasien   Bitte erzählt mir
nie wieder von eurer Cherokee Ur-Urgroßmutter
Nehmt nicht an, daß ich jeden anderen indigenen Aktivisten
auf dieser Welt
persönlich kenne   Oder daß ich überhaupt die Namen
aller anderen Stämme kenne
oder Namen aussprechen kann, die ich noch nie gehört habe
oder daß ich eine Expertin in Peyoten-Stickerei bin
Wenn   ihr mir
noch einmal erzählt
wie stark ich bin
werde ich mich auf die Erde legen & stöhnen, damit ihr
endlich   meine menschliche Schwäche seht   wie eure eigene
Ich bin nicht stark   ich bin verschrammt
Ich bin mit dem Leben gesegnet, während so viele, die ich kannte
tot sind
Ich habe Arbeit zu erledigen   Geschirr zu spülen   ein Haus
zu putzen
Daran ist nichts Magisches
Seht meine einfachen gerissenen Hände, die dieselben Dinge
gewaschen haben
die ihr wascht   Seht meine Augen, dunkel voller Angst
allein in einem Haus
spät nachts   Seht, daß Mitleid mit mir zu haben oder mich zu
verehren
das gleiche ist
1 Tasse Mehl, Löffel Salz, Löffel Backpulver, Flüssigkeit zum Binden
Denkt daran, das ist nur mein Rezept   Es gibt viele andere
Laßt mich ausruhen
hier
wenigstens

Ganz besonders für Dee Johnson

ICH WAR DRÜBEN AUF DEM RES*

an einem glühend heißen Samstag blauer Himmel   Alle
außer mir tranken Bier & bewegten sich langsam   Cassie
war im Haus und guckte eine alte Folge von *Avengers*   Sie
steht total auf diese Emma Peel   Ron hörte Reggae über
Kopfhörer   Lisa lag draußen auf einem von den Nach-
barn geliehenen Liegestuhl   sie entspannte ihren Rücken
der ihr seit Wochen zu schaffen machte   Keine Ahnung
wo Gary war   Ich sah mir eine Weile *Avengers* an &
wurde unruhig   Beschloß mit den Hunden runter zum
Strand zu gehen & mit dem Tennisball zu spielen   Wir
schlenderten also die Straße entlang hörten den Vögeln zu
gingen langsam weil Beaumont ein kaputtes Bein hat von
dem Auto das ihn angefahren hat   Er winselt beim Gehen
Nicht der leiseste Wind blies durch die Blätter   Alle
Schatten unbewegt   Ich wollte allein sein um zu schreiben
aber außer wenn du 3 Meilen ins Landesinnere gehst ist
dieser Teil des Reservats sehr laut & überfüllt   Es ist die
Stadt wo die meisten Weißen wohnen mit 2 Kneipen auf der
Hauptstraße die keinen Namen hat   Früher hießen sie die
Indian bar & die *white bar* aber jetzt sind sie »integriert«
mit katastrophalen Folgen   Es gibt einen Gebraucht-
warenladen der ungefähr alle 6 Monate Namen & Besitzer
wechselt aber weiterhin dasselbe langweilige Zeug verkauft
das keiner haben will   Auf der anderen Straßenseite ist
die *Tribal Police* mit Petunien in einem Blumenkasten   ein
Lebensmittelgeschäft das grünes Fleisch verkauft & die
Freiwillige Feuerwehr die als einzige im ganzen Staat einen
Gratis-Krankenwagen hat womit sie sich brüsten   Die
Weißen leben am Wasser in Häusern die viel zu groß für ihre
Grundstücke sind & so nah beieinander stehen daß du die
Klospülung der Nachbarn hören kannst   Im großen und
ganzen versteht man sich   mit anderen Worten die
Weißen bleiben unter sich & kaufen im Juli Feuerwerks-
körper von den Res-Ständen während die Indianer sich

* Übersetzung von »Rez«, eine unter Indigenen übliche Abkürzung für Reservat.

meistens woanders treffen   Ab und zu gibt es blutige
Schlägereien in einer der Kneipen   Nach der letzten
gab BJ einem indianischen Typen aus der Umgebung von
Little Boston Mund-zu-Mund-Beatmung da seine Rippen
unter die Cowboystiefel irgendeines Truckers geraten waren
Ohne sie hätte er nicht überlebt   Sie mußten den Kran-
kenwagen rufen   Alle gingen kopfschüttelnd weg und
sagten   *Habt ihr die Stiefel GESEHEN!*   *Was für
STIEFEL Mann!*   Man könnte sagen es gibt hier weniger
Spannungen als auf anderen Reservaten die ich kenne
Wahrscheinlich weil es nie zu lange zu heiß bleibt   Die
Arbeitslosigkeit ist nicht so schlimm wegen der nahgelegenen
Marinebasis & der Stamm war schon immer an diesem Ort
Sie veranstalten auch ein großes Pow Wow im Sommer wo
die Weißen liebend gern hingehen   Und vor allem gibt es
weder Öl   Gold   Uran   Diamanten noch Silber im
Boden soweit wir das wissen   Wir werden die ersten sein
die in einem Atomkrieg draufgehen – wegen der Basis
was mir ganz recht ist   Die Leute sind jetzt schon so
boshaft ich würde nicht überleben & mitkriegen wollen wie
sie ohne Fernsehen draufkommen
An der Kneipe vorbei durch den Schotter um das *Tribal
Youth Center* herum ein kleines Haus mit abblätternder
weißer Farbe   steuerten wir auf den Strand zu   Einige
weiße Typen in einem Wohnwagen mit Boot im Schlepptau
fingen an mir schmutzige ekelhafte Bemerkungen zuzurufen
Deshalb hatte ich ja die Hunde dabei   Gibt mir den
perfekten Vorwand um BÖSER HUND zu rufen und auf den
Boden zu sehen eine Grimasse zu schneiden & weiterzugehen
ohne auf diese Männer überhaupt zu reagieren   Die
Hunde wissen genau wer eigentlich Ärger macht   In der
Nähe des Wasser tranken einige Hippies Bier also nahmen
wir den anderen Weg   Da hing der alte Charley ziemlich
besoffen gegen einen Haufen Treibholz gelehnt   Er rief
mir zu ich sollte mit ihm trinken & ich sagte *Hi*   schüttelte
den Kopf & ging weiter   Die Hunde freuten sich naß zu
werden & schnitten sich auch nicht ihre Pfoten an den

Glasscherben auf den Steinen Ich sammelte so viel davon ein wie ich tragen konnte um es auf dem Rückweg zum Altglascontainer auf dem Highway zu bringen Ich spürte etwas Kaltes in meiner Brust & blickte nach unten Ein blonder Junge war dabei nach Charleys Hut zu greifen & ihn im Spaß damit zu schlagen Er nahm Charleys Brille & legte sie auf die Hutkrempe Griff nach seiner leeren Flasche & schlug sie gegen die Felsen kaputt Ich ging also runter um zu sehen ob es Charley gut ging Sein Gesicht trägt die Falten von jemandem der schon viel Prügel überlebt hat Als ich auf sie zukam wurde das Kind etwas langsamer & sah mich an Seine Augen waren nicht voller Haß wie ich es erwartet hatte Ich sagte *Vielleicht solltest du dir jemand anderen suchen mit dem du spielen kannst* Seine leeren Augen sagten mir daß niemand in seinem Alter mit ihm spielen wollte & es sah so aus als sei seine Familie auch nicht besonders interessiert

Warum fragt er *er ist mein Freund* In Charleys Zustand kümmerte man sich nicht um Grausamkeit oder Stolz oder sonst irgendetwas Ich zuckte also mit den Schultern Charley starrte direkt in meine Augen & sagte dem Hund er solle mich beißen Ich wußte warum Ich war nicht besoffen Ich war sauer auf Charley weil er es dem Kind erlaubte ihn so zu behandeln Ich schämte mich weil er alt ist & ich es nötig habe ihn zu respektieren Weil es mich nichts anging & so weiter Ich hatte kein Recht irgendetwas zu sagen Oder es zu denken Ich bin nicht dazu bereit Charley mit nach Hause zu nehmen & mich um ihn zu kümmern Weil es zu heiß war um zu denken oder fühlen & ich eine Erinnerung daran war, daß er könnte, wenn

Ich starrte zurück als sei ich ein heißer trunkener Himmel bis er nach meiner Hand griff unser Waffenstillstand begann Er wollte daß ich ihm mit seinem zerknitterten Dollar eine Flasche kaufen ging Ich konnte nicht hätte er sich bewegen können hätte er auch mit den Schultern gezuckt

Ich ging weiter auf dem trockenen Gras schmiß Steine auf die

Erde und nuschelte den Hunden etwas über weiße Kids zu Aber eigentlich war es Charley der mir wehtat   Er hätte mein toter Großvater sein können der eingesperrt in einem staatlichen Heim starb   Er könnte heute wunderschöne Kanus aus Zedernholz bauen   Er könnte einen Garten haben mit Bohnen & Kartoffeln die jetzt reif würden   Statt dessen ist er das Stereotyp das ich mein Leben lang bekämpft habe oft genauso grausam abwertend wie jeder Weiße   Ich habe dies auf der Terrasse sitzend geschrieben alle sitzen um mich herum und unterhalten sich   BJ spielt Blues auf der Gitarre   Die Katze schlägt mit ihrem Schwanz gegen meinen Zeh   Alle haben Hunger & warten darauf daß ich Schluß mache damit wir hinüber zu Poulsbo fahren und Pizza holen können   Ich bin die einzige die nüchtern genug ist um zu fahren   Jetzt bürstet BJ meine Haare Ich könnte heulen wenn ich's nicht erklären müßte   Es ist nichts Bestimmtes   Kann Charley nur einfach nicht aus dem Hals kriegen   Vielleicht sollte ich den Hund dazu bringen mich zu beißen   Nicht fest   Nur fest genug um den Schmerz zu orten   BJ hat mich eben gebissen als sie über meine Schulter hinweg las & wir lachen mit einem metallenen Geschmack von Tränen unter unseren Zungen

Ganz besonders für Viv Haskell

Fugitive Colors

THE REAL INDIAN LEANS AGAINST

the pink neon lit window full of plaster of paris
& resin Indians in beadwork for days with fur trim
turkey feathers dyed to look like eagles
abalone & bones
The fake Indians, if mechanically activated
would look better at the Pow Wow than the real one in plain jeans
For Sale   For Sale
with no price tag
One holds a bunch of Cuban rolled cigars
one has a solid red bonnet & bulging eyes ready for war
Another has a headdress from hell
with painted feathers no bird on earth
would be caught dead in
All around them are plastic inflatable
hot pink palm trees   grinning skulls
shepherd beer steins   chuckling check books
black rhinestone cats
& a blonde blow up fuck me doll for horny men
who want a hole that will never talk back
There are certainly more fake Indians
than real ones but this is the u.s.a.
What else can you expect from the land of sell
your grandma   sell our land   sell your ass
You too could have a fake Indian in your parlor
who never talks back
Fly in the face of it
I want a plastic white man
I can blow up again & again
I want turkeys to keep their feathers
& the non-feathered variety to shut up
I want to bury these Indians dressed like cartoons
of our long dead

DIE ECHTE INDIANERIN LEHNT SICH GEGEN

das in rosa Neonlicht getauchte Fenster, voller Gips-
& Kunstharz-Indianer, überladen mit Perlenstickerei und Pelzsaum
Truthahnfedern gefärbt, um wie die von Adlern auszusehen
Perlmutt & Knochen
Die falschen Indianer würden, wenn mechanisch aktiviert
auf dem Pow Wow besser aussehen als die echte in einfachen Jeans
Zu Verkaufen   Zu Verkaufen
ohne Preisetikett
Einer hält ein Bündel kubanischer Zigarren
einer hat einen dichten roten Federkopfschmuck
& hervorstechende Augen, kriegsbereit
Ein weiterer hat einen haarsträubenden Kopfschmuck
mit gefärbten Federn, in denen sich kein Vogel dieser Welt
tot erwischen ließe
Überall um sie herum sind aufblasbare
quietschrosa Plastikpalmen   grinsende Totenköpfe
Hirten-Bierkrüge   kichernde Scheckbücher
schwarze Katzen aus Straß
& eine blonde, aufblasbare Fick-Mich-Puppe für geile Männer
die ein Loch wollen, das nie widerspricht
Es gibt sicherlich mehr falsche Indianer
als echte, aber wir sind hier in den usa
Was sollst du auch erwarten vom Land des: Verkauf
deine Großmutter   unser Land   deinen Arsch
Auch du könntest einen falschen Indianer in deinem
Wohnzimmer haben
der nie widerspricht
Dreh den Spieß um
ich will einen Weißen aus Plastik
den ich immer wieder aufblasen kann
ich will, daß Truthähne ihre Federn behalten
& die nicht gefiederte Sorte ihre Schnauze hält
ich will diese Indianer begraben
die wie Karikaturen unserer längst Verstorbenen angezogen sind

I want to live
somewhere
where nobody is sold

for Nancy Emery

ich will dort
leben
wo niemand verkauft wird

Für Nancy Emery

INTO THE RACISM WORKSHOP

my cynical feet ambled
prepared for indigestion
& blank faces of outrageous innocence
knowing I'd have to walk over years of media
declaring we're vanished or savage or pitiful or noble
My toes twitched when I saw so few brown faces
but really when one eats racism every time one goes out one's door
the appeal of talking about it is minuscule
I sat with my back to the wall facing the door
after I changed the chairs to a circle
This doesn't really protect me
but I con myself into believing it does
One of the first speakers piped up
I'm only here because my friend is Black & wanted
me to do this with her
I've already done
300 too many racism workshops
Let it be entered into the Book of Stars
that I did not kill her or shoot a scathing reply from the hip
I let it pass because I could tell she was very interested in taking
up all the space with herself & would do it if I said a word
They all said something that I could turn into a poem
but I got tired & went to sleep behind my interested eyes
I've learned that the most important part of these tortures
is for them to speak about racism at all
Even showing up is heresy
because as we all know racism is some vague thing that really
doesn't
exist or is only the skinheads on a bad day or isn't really a
crucial problem
not as important certainly as queers being able to marry
or get insurance for each other
When they turned to me as resident expert on the subject
which quite honestly I can't for the life of me understand

AUF DEM WEG ZUM RASSISMUS-WORKSHOP

eierten meine zynische Füße
auf Magenverstimmung eingestellt
& leere Gesichter unerhörter Unschuld
im Bewußtsein, daß ich über Jahre hinwegsteigen muß, in denen die Medien uns
für ausgestorben oder barbarisch oder bedauernswert oder edel erklärt haben
Meine Zehen zuckten, als ich so wenige braune Gesichter sah
aber eigentlich, wenn du Rassismus schluckst, wann immer du aus deiner Tür trittst
ist die Bereitschaft, darüber zu reden, verschwindend gering
ich saß mit meinem Rücken zur Wand, Gesicht zur Tür
nachdem ich die Stühle zum Kreis umgestellt hatte
Das schützt mich nicht wirklich
aber ich rede es mir trotzdem ein
Eine der ersten Rednerinnen machte den Mund auf
Ich bin nur hier, weil meine Freundin Schwarz ist & wollte
daß ich das mit ihr mache
Ich habe schon
300 Rassismus-Workshops zu viel gemacht
Es sollte im *Book of Stars** vermerkt werden
daß ich sie nicht umbrachte
oder eine bissige Antwort aus der Hüfte schoß
Ich ließ es sein, weil mir klar war, daß sie sehr daran interessiert war den ganzen Raum
mit sich selbst zu beanspruchen & es tun würde, wenn ich nur ein Wort sagte
Sie haben alle etwas gesagt, woraus ich ein Gedicht machen könnte
aber ich wurde müde & schlief hinter meinen interessierten Augen ein
Ich habe gelernt, daß der wichtigste Teil dieser Torturen
ist, daß sie überhaupt über Rassismus reden
Schon hier aufzutauchen ist Ketzerei
denn wir wissen ja alle, daß Rassismus so eine schwammige Sache ist, die nicht wirklich

---

* Bild für den Ort der Menominee, wo die Toten hingehen, die Milchstraße, wo alles geschrieben steht.

or make any sense out of
I spoke from my feet
things I didn't know I knew
of our connections
of the deadly poison that racism is for all of us
Maybe some of them were touched
but my bitch voice jumps in to say
   NOT MUCH!
I heard back that someone thought I was brilliant
Does that mean that I speak well
Or that she was changed
It's only her change
I need

for Alma Banda Goddard

existiert oder nur die Skins an einem schlechten Tag oder
kein ernstes Problem
bestimmt nicht so wichtig wie, daß Homos heiraten
oder sich gegenseitig versichern können
Als sie sich an mich als ansässige Expertin auf dem Gebiet wandten
was ich, ehrlich gesagt, beim besten Willen nicht verstehen kann
oder einen Sinn drin sehen kann
sprach ich aus meinen Füßen
über Dinge, die ich nicht glaubte zu wissen
über unsere Verbindungen
über das tödliche Gift, das Rassismus für uns alle ist
Vielleicht berührte es einige von ihnen
aber meine gehässige Stimme mischt sich ein und sagt
  NICHT SEHR!
Ich hörte, daß mich jemand brillant fand
Heißt das, daß ich gut reden kann
Oder daß es sie verändert hat
Nur ihre Veränderung
brauche ich

Für Alma Banda Goddard

AT THE BOTTOM

of 17 very steep steps to the toilet
was a four-color poster stating the intent
to make the place accessible to
quote – *our friends with disabilities* – unquote
I didn't have time to weep
but I imagined for a minute
that my friends loaned me their spare wheelchairs
to pitch off the top step into a glorious
twisted warfare of steel
stealing space
spinning silver metal & loud cracks of split seats
so nobody could get through
We'd call it performance art
I know we could get a grant to repair them
when I was done

especially for Connie Panzarino
Euclid Theatre
June, 1993

AM FUSS

von 17 sehr steilen Treppenstufen zum Klo
verkündete ein Vierfarbdruck-Plakat die Absicht den Ort für
Zitatanfang *unsere FreundInnen mit Behinderungen* Zitatende
zugänglich zu machen
ich hatte keine Zeit zu weinen
aber einen Moment lang stellte ich mir vor
daß meine Freundinnen mir ihre Zweitrollis leihen
um sie von der obersten Stufe hinunter zu schleudern in einen
glorreichen
verbogenen stählernen Krieg
Raum stehlend
kreiselndes Silbermetall & lautes Krachen von berstenden Sitzen
so daß niemand daran vorbei käme
Wir würden es eine Performance nennen
Ich weiß wir würden Reparaturzuschüsse bekommen
wenn ich damit fertig wäre

Besonders für Connie Panzarino
Euclid Theatre
Juni 1993

CONTEMPLATING RACISM

On my way home from Winnipeg
at u.s. customs I'm the only Indian again
White men pass through with a few casual questions
I'm taken aside
He's slimy white with patronizing snide remarks testing me
  Where have I been
  What hotel did I stay at
  How much money do I have
  Where did I read
Funny he didn't see it advertised in the papers
I unroll the poster with my name in half inch high
stark white letters on black
I watch him wondering if it is a forgery
He double-checks my poetry books with my inch high name
staring with disbelief at my author's photo & then my face
If he says   He didn't know
Indians could write
I really will kill him with my bare red hands & go to jail for life
or be beaten to death in a back examining room by his cronies
to show up a partial skeleton in some anonymous field
just another dead squaw
He goes through my wallet examining receipts, credit cards
photographs, business cards
He goes through my cosmetics bag examining soap, cream
shampoo, toothbrush, mascara, lipstick
He goes through my sanitary pads
who knows what terrorist weapon I could conceal there
He goes through my used black silk underwear
There is nothing
he does not examine pulling each item onto his conveyor belt
as he continues to ask me questions
I'm expecting the sanity batch next
while white men watch smiling
Finally unable to go through any more

auf dem Weg von Winnipeg nach Hause
bin ich beim (us)-Zoll wieder mal die einzige Indianerin
Weiße Männer kommen mit ein paar beiläufigen Fragen durch
Ich werde zur Seite genommen
Er ist schleimig weiß, testet mich mit herablassenden
abfälligen Bemerkungen
Wo bin ich gewesen
In welchem Hotel habe ich gewohnt
Wie viel Geld habe ich
Wo habe ich gelesen
Komisch, daß er die Ankündigung in den Zeitungen nicht gesehen hat
Ich rolle das Plakat auf, dort steht mein Name einen Zentimeter hoch
grelle weiße Buchstaben auf Schwarz
ich beobachte, wie er sich fragt, ob es eine Fälschung ist
Er sieht sich die Lyrikbände mit meinem zentimetergroßen Namen
immer wieder an
starrt ungläubig auf das Foto der Autorin & dann auf mein Gesicht
Wenn er sagt   Er hätte nicht gewußt
daß Indianer schreiben können
werde ich ihn doch mit meinen bloßen roten Händen umbringen
& lebenslänglich in den Knast gehen
oder in einem hinteren Untersuchungsraum von seinen Kumpeln
zu Tode geprügelt werden
um als halbes Skelett in irgendeinem anonymen Feld aufzutauchen
noch eine tote Squaw
Er durchsucht meine Brieftasche
Quittungen, Kreditkarten, Fotos, Visitenkarten
Er durchsucht meine Kosmetiktasche
Seife, Creme, Shampoo
Zahnbürste, Wimpertusche, Lippenstift
Er durchsucht meine Binden
wer weiß, was für eine terroristische Waffe ich dort
verstecken könnte
Er durchsucht meine getragene schwarze Seidenwäsche

I turn my back to his obscene rummaging
pretending indifference   my humiliation red as blood
while the white fishermen who have stolen the fish of Canada
pass through
pass through   pass through smiling
When I'm
finally through I overhear the white men joking
about what they've smuggled through in their dirty socks
One who thinks he's sexy asks, *How's Albuquerque?*
Unable to contain my rage I snap
I'm Menominee! There are Indians in other places besides Albuquerque!
The steward is Native   I'm so surprised to see him that when he gives
his conventional greeting, *How are you?* I answer, *Racism.*
He replies, *They do it to me too.*
I pass through
to my seat surrounded by white fishermen who probably attack
Native fishermen with bottles & guns & effigies & spit
or know others who do
I ride on a plane with men who'd kill me
if they were drunk or bored enough
as long as my red blood didn't get on their white shirts
or nobody was looking or nobody cared or everybody wanted to watch
Angry enough to rip the upholstery off every seat in the plane
shove fish hooks up the dick of the custom's inspector
gut & clean every passenger as I sit quietly afraid face wet with red tears
Once I step out of the jaguar of a feminist conference
I'm squaw pussy screaming   fair game   any body's joke
cheap thrill
This is deadly to pass through
Didn't talk back like a good feminist to that jerk
because if possible
I wanted to avoid
another strip search with a strange woman sticking

Es gibt nichts
was er nicht durchsucht
jedes Stück einzeln auf sein Fließband zerrend
während er mir weitere Fragen stellt
Ich erwarte als nächste die zur geistigen Gesundheit
während weiße Männer lächelnd zuschauen
Schließlich halte ich es nicht länger aus
drehe seinem obzönen Wühlen den Rücken zu
gebe mich gleichgültig   meine Erniedrigung rot wie Blut
während die weißen Fischer, die Kanadas Fische
gestohlen haben, durchgehen
durchgehen   lächelnd durchgehen
Als ich
endlich durch bin, höre ich wie die weißen Männer darüber
Witze machen, was sie in ihren dreckigen Socken
durchgeschmuggelt haben
Einer, der sich für sexy hält, fragt
Wie steht's in Albuquerque?
Unfähig meinen Zorn zurückzuhalten belle ich
Ich bin Menominee! Es gibt auch Indianer außerhalb von
Albuquerque!
Der Steward ist ein Indigener   Ich bin so überrascht, ihn zu
sehen, daß
ich auf seine Standardbegrüßung *Wie geht es Ihnen?*
antworte *Rassismus*
Er antwortet *Sie machen das auch mit mir*
Ich gehe durch
zu meinem Sitz, umgeben von weißen Fischern, die
wahrscheinlich indigene Fischer angreifen
mit Flaschen & Gewehren & Indianer-Puppen die sie verbrennen
& Spucke
oder andere kennen, die es tun
ich bin in einem Flugzeug mit Männern, die mich umbringen würden
wenn sie betrunken oder gelangweilt genug wären
solange mein rotes Blut nicht ihre weißen Hemden beflecken würde
oder niemand zusähe oder es niemandem etwas ausmachte
oder jeder zusehen wollte

her ungreased finger up my ass & using the same one up my cunt
in a legal
search for illegal contraband
My answers were sweet & spoken from Venus but I'm not smiling
This is not a forgery   There are no roses at all
Not one poetic metaphor   lovely phrase
smooth rhyme   or scholarly allusion
This is
as deliberate as racism
White as knuckles of clenched fists hidden in pockets
red as my weary eyes
black as the wall of rage we pass through
As a woman who's been raped many times take it from me
this was rape
My taxes & yours paid for it

for Marie Annharte Baker

Wütend genug, um die Polster von jedem Sitz im Flugzeug zu reißen
Angelhaken in den Schwanz des Zollbeamten zu schieben
jeden Passagier auszunehmen & zu säubern
während ich still sitze, mein Gesicht naß mit roten Tränen
Sobald ich aus dem Jaguar einer feministischen Konferenz steige
bin ich schreiende Squaw Pussy Freiwild jedermanns Witz
billiger Spaß
Es ist lebensgefährlich, hier durchzugehen
hatte keinen guten Spruch für diesen Idioten, wie es sich für eine
Feministin gehört
denn ich wollte möglichst
vermeiden, eine Leibesvisitation zu bekommen
von einer fremden Frau, die ihren ungeölten Finger in meinen Arsch
steckt & denselben für meine Möse benutzt
eine legale Durchsuchung
nach illegaler Schmuggelware
Meine Antworten waren süß & von Venus gesprochen, aber ich
lächle nicht
Dies ist keine Fälschung Es gibt überhaupt keine Rosen
Nicht eine poetische Metapher schöne Phrase
glatter Reim hochgeistige Anspielung
Dies ist
so gewollt wie Rassismus
Weiß wie die Knöchel geballter Fäuste in Taschen versteckt
rot wie meine erschöpften Augen
schwarz wie die Wand des Zorns, durch die wir gehen
Als eine Frau, die mehrmals vergewaltigt wurde
könnt ihr mir glauben
das war eine Vergewaltigung
Meine Steuern & deine haben dafür bezahlt

Für Marie Annharte Baker

THROWN AGAINST THE WALL

I'm easy to read
graffiti common as a broken arm
Daddy did this   rapist did this
It's love
means you're important
enough to bleed rage
A fist necessary to name the edges
boundary of a room   of time
He did this because he could
I stood it because I'd learned how
Language of bruises broken open
hieroglyphic of power
sub rosa of men and women
adults and children
Lesson learned at the knee
hammer blow believed
to mean tenderness
Up against the wall
their hands have made
my fingers slide
looking for the door jamb
decoding to a place
where love isn't a wound
the long steep path to life
without these words

in honor of Angela Carlos

GEGEN DIE WAND GEWORFEN

bin ich leicht zu lesen
Graffiti so gewöhnlich wie ein gebrochener Arm
Papa hat dies getan   Vergewaltiger hat dies getan
Es ist Liebe
bedeutet, daß du so wichtig bist
daß Zorn wie Blut fließt
Eine Faust notwendig, um die Kanten abzustecken
Grenzen eines Raums   der Zeit
Er tat das, weil er konnte
Ich ertrug es, weil ich es so lernte
Sprache aufgeplatzter Blutergüsse
Hieroglyphen der Macht
das Unausgesprochene zwischen Männern und Frauen
Erwachsenen und Kindern
Lektion gelernt, übers Knie gelegt
Hammerschlag im Glauben
das bedeute Zärtlichkeit
Gegen die Wand gedrückt
haben ihre Hände
meine Finger dazu gebracht, nach
dem Türrahmen zu tasten
Diesem Code zu entkommen, dorthin
wo Liebe keine Wunde ist
der lange steile Weg zum Leben
ohne diese Worte

Angela Carlos zu Ehren

THE RICH

in their tennis whites lean over the roses
in the delicate sun
discussing with the gardeners what to do
about the blight
as I iron their chaste sheets on both sides
the old fashioned way
crisp
They have purchased genuine coyote urine
from Maine
at great expense
to keep the deer from nipping off the rosebuds
I imagine Coyote leaning over them
saying with a sly chuckle
Listen
you give me some of that sweet money
& I'll piss all over you
anytime

for Kate Miller

DIE REICHEN

beugen sich in ihrer weißen Tenniskleidung über die Rosen
in der zarten Sonne
diskutieren mit den Gärtnern, wie
sie die Braunfäule beseitigen können
während ich ihre keusche Bettwäsche auf beiden Seiten bügle
wie in alten Zeiten
frisch
Sie haben echten Kojoten-Urin gekauft
aus Maine
mit großem Kostenaufwand
es hält die Rehe davon ab, die Rosenknospen anzuknabbern
Ich stelle mir Kojote* vor, wie er sich darüber beugt
verschlagen kichert und sagt
Hört mal zu
ihr gebt mir was von dem süßen Geld ab
& ich bepisse euch von oben bis unten
jederzeit

Für Kate Miller

---

* Der Kojote (coyote) ist eine Trickster-Figur (Definition siehe Anmerkung S.16).

when she leaves you hurricane disaster area earthquake
flood typhus
when she falls in love with your best friend
you want to smash a power pole head on 60 mph
cut the throats of every happy couple
you could fall off a cliff not notice
take your bruises to the bar get drunk get locked up
kick a hole in the wall   break everything she ever gave you
when a woman shuts you out time to scream awhile
cry on any shoulder   belly   thigh
bite corn cobs chew gristle
throw up bitterness shit sorrow
When she takes her sweet everything
leaves you in a pile of rocks with no lake to skip
when she pours salt just to watch your blood foam
when she says *See you around*
find a friend who needs a new roof put on
or blackberries dug out
or kudzu cut
or their truck engine rebuilt
or make a quilt
get a second job
walk home from work every night
resist the urge to tell her
you've had better one night stands
& never call up her machine to hear her voice at 2 a.m.
When a woman leaves you
remember there will always be another

EINE FRAU IST EINE LAWINE

wenn sie dich verläßt Orkan Katastrophengebiet Erdbeben
Überschwemmung Typhus
wenn sie sich in deine beste Freundin verliebt
willst du mit 120 Stundenkilometern frontal mit einem
Strommast zusammenstoßen
jedem glücklichen Paar die Kehlen durchschneiden
du könntest eine Klippe herabstürzen, es nicht bemerken
deine blauen Flecken in die Kneipe tragen, dich besaufen
dich einsperren lassen
ein Loch in die Wand treten alles, was sie dir je geschenkt hat
kaputtschlagen
wenn eine Frau dich ausschließt, Zeit, um eine Weile zu schreien
zu weinen an irgendeiner Schulter einem Bauch einem Schenkel
auf Maiskolben beißen Knorpel kauen
Bitterkeit erbrechen Trauer scheißen
Wenn sie ihr süßes Alles nimmt
dich verläßt in einem Haufen Steine ohne einen See, um sie
darüber springen zu lassen
wenn sie Salz streut, nur um dein Blut schäumen zu sehen
wenn sie sagt *Wir sehen uns*
finde eine Freundin, die jemanden braucht, um das Dach zu decken
oder Schwarzbeeren zu pflücken oder Kudzu* zu schneiden
oder den Motor ihres Transporters zu überholen
oder mache eine Patchworkdecke
finde einen Nebenjob
gehe jeden Abend von der Arbeit zu Fuß heim
widerstehe dem Drang, ihr zu sagen
daß du schon bessere One-Night-Stands gehabt hast
& rufe nie ihren Anrufbeantworter an, um ihre Stimme
um 2 Uhr morgens zu hören
Wenn eine Frau dich verläßt
denk daran, es wird immer eine andere geben

---

* Ein japanisches Rankgewächs, das im Terrassenbau benutzt wird, um die Erde zu festigen. Wurde in die USA importiert, wo es aufgrund des anderen Biotops außer Kontrolle geriet und zur Plage wurde.

WHEN I FIRST

read this to the ocean where I know you are
the tide comes in flashing
her rattlesnake sun spots
in a long hungry curve
while fog holds her breath
as gulls cut & dip
appearing   disappearing jack rabbits
in a white snow sky
My eyes sparkle like the sea
with tears the wind blows away
Spring opens
her small pink & purple faces
dazzling my sadness
Your body is gone Spirit Mother
but O
I feel you
watching all this
through me

for Audre
March 1993

WENN ICH DIES ZUERST

dem Meer vorlese, in dem ich dich weiß
kommt die Flut herein mit
Klapperschlangensonnenflecken blitzend
in einer langen hungrigen Kurve
Während der Nebel den Atem anhält
als Möwen die Luft durchschneiden & nach unten stürzen
Hasen erscheinen   verschwinden
an einem weißen Schneehimmel
Meine Augen glänzen wie das Meer
Tränen, die der Wind wegfegt
Der Frühling öffnet
kleine rosa & lila Gesichter
blendet meine Traurigkeit
Dein Körper ist fort, Spirit Mother
aber O
ich spüre dich
wie du alles
durch mich beobachtest

Für Audre
März 1993

THANK YOU SINGING FOREST

Under our feet, tree roots passionately
        embrace earth
hold all of our lives together as one
I lean into a birch listening to water
        which has flown in the sky
        flowed over these stones
        returned to fly again
        longer than we remember
Above us, in new spring leaves
        birds wildly sing of this beauty
        rippling our souls
                Expanding to disappear
                with light after rain
Each breeze a message from creation
to move softly, kindly through our days
to give ourselves
        moments for a dance of waterbugs
        waltzing in reflections
to lose our minds
in small black tadpoles wiggling in shallows
        Nothing is more important
than the thunder & moments of sun
who call us awake
    to these lessons of earth
        She holds us
                All we are
                        belongs to her

for Audrey
May 1996

DANKE RAUISCHHOLZHAUSEN

Unter unseren Füßen umarmen Baumwurzeln
        die Erde voller Leidenschaft
halten all unsere Leben zusammen wie eines
Ich lehne an einer Birke, lausche dem Wasser
        das im Himmel floß
        sich über Steine ergoß
        und zurück zum Himmel stieg, um wieder zu fliegen
        länger, als wir erinnern können
Über uns in grünen Frühlingsblättern
        besingen Vögel, wild, diese Schönheit
        und kleine Wellen kräuseln unsere Seelen
            Breiten sich aus, um mit dem Licht
            nach dem Regen zu verschwinden
Jede Brise eine Botschaft der Schöpfung
sanft, liebevoll durch unsere Tage zu ziehen
uns selbst Augenblicke zu schenken
        in denen wir dem Tanz der Wasserkäfer zusehen
        die sich in flirrenden, spiegelnden Lichtern drehen
unsere Gedanken zu verlieren
in den flachen Wassern, in denen kleine schwarze Kaulquappen
        tänzeln
            Nichts ist wichtiger
als der Donner & Momente, in denen die Sonne durchbricht
und uns wachruft aufzunehmen,
        was die Erde uns lehrt
            Sie hält uns
                Alles, was wir sind
                    gehört ihr

Für Audrey
Mai 1996
Übersetzt von Anette Ihmig

CEREMONY FOR COMPLETING A POETRY READING

This is a give away poem
You've come gathering made a circle with me of the places
I've wandered I give you the first daffodil opening
from earth I've sown I give you warm loaves of bread baked
in soft mounds like breasts In this circle I pass each of you
a shell from our mother sea Hold it in your spirit Hear
the stories she'll tell you I've wrapped your faces
around me a warm robe Let me give you ribbonwork leggings
dresses sewn with elk teeth moccasins woven with red
& sky blue porcupine quills
I give you blankets woven of flowers & roots Come closer
I have more to give this basket is very large
I've stitched it of your kind words
Here is a necklace of feathers & bones
a sacred meal of chokecherries
Take this mask of bark which keeps out the evil ones
This basket is only the beginning
There is something in my arms for all of you
I offer this memory of sunrise seen through ice crystals
Here an afternoon of looking into the sea from high rocks
Here a red-tailed hawk circles over our heads
One of her feathers drops for your hair
May I give you this round stone which holds an ancient spirit
This stone will soothe you
Within this basket is something you've been looking for
all of your life Come take it Take as much as you need
I give you seeds of a new way
I give you the moon shining on a fire of singing women
I give you the sound of your feet dancing
I give you the sound of our thoughts flying
I give you the sound of peace moving into our faces & sitting down

ABSCHLUSSZEREMONIE FÜR EINE LESUNG

Dies ist eine Gedicht-Gabe*
Ihr seid zusammengekommen habt einen Kreis gebildet mit mir
und den Orten
durch die ich gestreift bin Ich gebe euch die erste
sich öffnende Narzisse
aus der Erde, die ich gesät habe ich gebe euch warme Laibe
Brot gebacken
in sanften Hügeln wie Brüste In diesem Kreis reiche ich jeder
von euch
eine Muschel von unserer Meeresmutter Haltet sie in eurer Seele
Hört
die Geschichten, die sie euch erzählen wird Ich habe mich in
eure Gesichter gehüllt ein warmer Umhang Laßt mich euch
mit Bändern durchwirkte Leggings geben mit Elchzähnen
genähte Kleider Mokassins mit roten & himmelblauen
Stachelschweinborsten gewebt
Ich gebe euch aus Blumen & Wurzeln gewebte Decken
Kommt näher
Ich habe mehr zu geben dieser Korb ist sehr groß
Ich habe ihn aus euren gütigen Worten geflochten
Hier ist eine Halskette aus Federn & Knochen
ein heiliges Mahl aus Traubenkirschen
Nehmt diese Maske aus Baumrinde, sie hält die Bösen fern
Dieser Korb ist nur der Anfang
In meinen Armen habe ich etwas für euch alle
Ich gebe diese Erinnerung eines Sonnenaufgangs
durch Eiskristalle gesehen
Hier einen Nachmittag auf hohen Felsen ins Meer blicken
Hier ein rotschwänziger Habicht, der über unsere Köpfe kreist
Eine seiner Federn fällt herunter für deine Haare
Darf ich dir diesen runden Stein geben in ihm ruht ein uralter Geist

* Übersetzung von »give away poem«, bezieht sich auf eine in vielen indigenen Kulturen wichtige Zeremonie, ein Fest, bei dem die GastgeberInnen den Geladenen Geschenke machen. Damit wurde die Umverteilung der Reichtümer innerhalb der Gesellschaft gesichert und die Verarmung einzelner Mitglieder verhindert.

Come   This is a give away poem
I cannot go home
until you have taken everything & the basket which held it
When my hands are empty
I will be full

Dieser Stein wird dich beruhigen
In diesem Korb gibt es etwas, wonach ihr gesucht habt
euer ganzes Leben lang   Kommt und nehmt es
Nehmt soviel ihr braucht
Ich gebe euch die Samen eines neuen Weges
Ich gebe euch den Mond, der auf ein Feuer singender Frauen scheint
Ich gebe euch das Geräusch unserer tanzenden Füße
Ich gebe euch das Geräusch unserer fliegenden Gedanken
Ich gebe euch das Geräusch des Friedens, der über unsere Gesichter
zieht & sich niederläßt
Kommt   Dies ist eine Gedicht-Gabe
Ich kann nicht nach Hause gehen
bevor ihr alles genommen habt & den Korb, der alles enthielt
Wenn meine Hände leer sind
werde ich voll sein

DIE AUTORIN

Chrystos wurde am 7. November 1946 in San Francisco geboren. Ihr Vater war Menominee, ihre Mutter eine europäische Immigrantin. Sie ist Autodidaktin und engagiert sich für verschiedene politische Fragen und Ziele, unter anderem: politische Gefangene in den USA, Gewalt gegen heterosexuelle und lesbische Frauen, Landrechte, Antirassismus und die Sicherheit von Homosexuellen.

Die Autorin hat mehrere Literaturpreise und Stipendien erhalten, darunter der Preis des Audre Lorde Lyrikwettbewerbs. Bis 1995 veröffentlichte sie in Kanada und den USA fünf Bücher, außerdem sind ihre Texte in vielen Anthologien enthalten. Sie wurde bereits von einer Vielzahl von Universitäten und politischen und kulturellen Organisationen zu Lesungen eingeladen und reist deshalb regelmäßig herum, auch um Vorträge, Eröffnungsreden und Schreibworkshops zu halten. 1996 hatte sie auf einer Lesereise durch Deutschland großen Erfolg mit ihren Texten.

Chrystos lebt auf der kleinen Insel Bainbridge Island im Nordwesten des Pazifiks »in einer Blockhütte, umgeben von Zedern, Tannen und Kiefern, wo ich oft von Adlern und Rehen besucht werde. Mein Haus überblickt den Puget Sound und ist von den Olympic- und Cascade-Gebirgen umgeben. Mein großer Garten hält mich von Unsinn ab und bringt mich chronisch in Verzug mit meinen Manuskripten. Jeden Morgen grüße ich Tahoma (was soviel wie Zuhause bedeutet), auf US-Landkarten als Mt. Rainier bekannt. Ich bin der Schöpfung dankbar für das Geschenk des Lebens, die Gaben, schreiben und zeichnen zu können, und für meine FreundInnen.«